書下ろし

飛翔

軍鶏《しゃも》侍③

野口 卓

祥伝社文庫

目次

名《な》札《ふだ》

一

雲ひとつない晴天で、心地よい風が吹いていた。

下男の権助《ごんすけ》はすべての軍鶏《しゃも》を唐丸籠《とうまるかご》に移し、鶏小舎を水洗いする大掃除にかかりきりになっていた。毎日のように鶏糞《けいふん》を掻《か》き出してはいても、汚れがこびりついてしまうので、年に何度かは、ほぼ一日がかりで清めねばならない。

軍鶏の数は一定しているわけではないが、今は雄の成鶏《せいけい》が十二羽、雌《めす》が三羽、若鶏《わかどり》が六羽、雛《ひな》が八羽であった。

軍鶏の雌鶏《めんどり》は脚が太くて長いのに、翼が短いので雛を孵《かえ》すことができない。卵を産ませるためだけに飼っていた。

抱卵役として矮鶏《ちゃぼ》の雌を数羽飼っているが、こちらはずんぐりむっくりで脚も極端に短い。ところが翼が大きいので、軍鶏の卵を八個から十個は温めることができる。

ただし矮鶏は数に入れておらず、餌《えさ》も与えてはいない。軍鶏は頸《くび》を振りながら食べ散らかすので、餌箱を深くしても小舎の外に餌が飛び散ってしまう。矮鶏はそのこぼれ餌を拾って歩くが、体がちいさいこともあり、それで十分であった。

雌の雛はまとめて入れてあるものの、それでも庭には三十近い籠が林立している。それぞれの籠の中で軍鶏たちが、美麗な蓑毛《みのげ》や翼、さらには尾羽根を輝かせていた。放し飼いにした矮鶏が、唐丸籠のあいだを遊弋《ゆうよく》するように、餌を啄《ついば》みながら経巡《へめぐ》っている。

道場での指導がひと段落ついたので、岩倉源太夫《いわくらげんだゆう》は妻女のみつと表座敷で茶を飲んだ。

道場からは竹刀《しない》を打ちあう音や気合声《きあいごえ》が聞こえてくるが、母屋のうちはひっそり閑《かん》としている。年少組の弟子たちが、市蔵《いちぞう》と幸司《こうじ》をトンボ釣りに連れて行ったからだ。

「幼児《おさなご》は、いればいるでうるさいが、いなければ寂しいものであるな」

「さようですね」

「世の中は、なにもかもが思いどおりにいく、というものではないということか」

源太夫がそう言うと、みつが首を傾げて夫を見た。比較にならない幼児と世の中を持ち出したりして、なにを大袈裟《おおげさ》な、とでも言いたそうな顔である。

「わしは喋《しゃべ》るのが苦手でな。いや、苦手だったのだ。若いころのことだが」

「突然、いかがいたしましたか」

「思うように話せぬためもあって、人並みはずれて無口であった」

「それで」

「そうでしたか」

「今のわしからは信じられんだろう」

「たしかに無口とは申せませんが、決してお喋りでは」

「昔はこんなものではなかった。石と呼ばれたことがある。壁とも呼ばれた。それでますます無口になったのかもしれん」

「よろしいではありませんか」

「なにがだ」

「お喋りな石なんて、おかしいですよ」

みつはくすりと笑ったが、そのおもしろがりようはなぜかずれている。あるいは、故意にずらしたのかもしれなかった。

「ともかく人と話すのが苦手であり、億劫《おっくう》であった。それゆえ倅《せがれ》に家督《かとく》を譲って、三十九で隠居になったのだ。道場主になって、あとは軍鶏と釣り三昧《ざんまい》、人にはなるべくかかわらずに生きて行こうと考えたのでな。ねがっていたよりも遅れたが、道場も持てた。だが実際に道場主となったものの、思っていたのとはおおちがいであった」

「……？」

「藩の道場ゆえ、藩士とその子弟はだれでも通ってよい。ということは、束脩《そくしゅう》も月々の謝礼も不要ということである。禄《ろく》はくだされはしたが、わずかゆえ貧乏は覚悟の上であった。みつにも苦労してもらわねばと、思うておったのだ」

「そのつもりで嫁《か》してまいりました」

「ところが武士《さむらい》は、つまらんところで見栄を張る。無料《ただ》で教えてもらうわけにはいかんと、ほとんどが束脩を納め、月々の謝礼を持ってくる。それも高禄の者ほど多い。思いもしない実入りであった」

「でも、ふしぎですね」

「なにがだ」

「思いもしない実入りにしては、少しも残りませんもの」

「弟子が増えると、つきあいも増える。冠婚葬祭だけでも相当な数になるのに、袴《はかま》着《ぎ》の祝いだ、烏帽子《えぼし》親《おや》だ、病気見舞いに怪我《けが》見舞い、治れば快気祝いに招かれるが、手ぶらでは行けん。ああだこうだ、なんだかんだと、入るより出るほうが多いのではないのか」

「そうでもございませんよ」

「では、いくらか臍繰《へそく》る余裕があるのだな」

「まさか。……出入りの釣りあいがとれて、ほどほどでございます」

城山の上空を鳶《とび》が舞っているらしく、ピーヒョロロと啼《な》くのどかな声が聞こえて来た。


「世の中は、うまくできているものだと思います」

「そんなことはどうでもいいし、それをとやかく言いたいのではない」

「…………」

「石のようであったわしは、時間とともにお喋りになってしもうた」

「あ、……ああ。そのことでございますか」

「聞きとうないようだな」

「とんでもないことです。お聞きしたいですわ」

「……わしはな、いつのまにか喋ることが、人とのつきあいが苦手ではなくなっていたのだ。そして気がつくと、おのれでもあきれるほど多弁になっておる」

「お弟子さん相手だからでございましょう」

「そうであろうか」

「だって、言葉をつくさねば、技は教えられませんもの」

「そのことだが、道場では剣技だけを教えておればいいと思うておった」

「……？」

「気がつくと、いつのまにか弟子本人のことにまで首を突っこんで、おたおたしているありさまだ。しかも性懲《しようこ》りもなく、それを繰り返しておる」

町奉行配下の書役森伝四郎《もりでんしろう》の息《そく》、正造《しようぞう》に画才があるのに驚き、なんとか絵を学ばせたいとねがったときもそうであった。ねがっただけでなく、藩校「千秋館《せんしゆうかん》」の助教であった盤睛池田秀介《ばんせいいけだしゆうすけ》や、藩のお抱え絵師で藩士でもある顕信遠藤藍一郎《けんしんえんどうあいいちろう》に相談したが、源太夫のおせっかいで森家が壊れる寸前までいったのである。

また、ほとんどおなじ時期に、二人の弟子の悩みを知って、なんとか力になれぬものかと心を砕いたこともあった。

しかしそれは余計なお世話というもので、田貝忠吾《たがいちゆうご》も狭間銕之丞《はざまてつのじよう》も自力で解決した。剣ならともかく、男女の問題になぞ首を突っこむべきではないと、あとになって源太夫はしみじみと思ったのであった。

「そういえば、大村圭二郎《おおむらけいじろう》どのが最初でしたね。なんとか立ちなおってもらいたいと、大鯉《おおごい》を獲らせてあげたい一心で、心を砕かれて」

「あれは権助がやってくれたのだ。わしはなにもしとらん」

「そうおっしゃいますが、さほど気にしていないようでいながら、一所懸命でしたもの。それが感じられたからこそ、圭二郎どのは立ちなおれたのだと思いますよ。ああ、いい師匠《ししょう》だなと。権助もいいが、師匠も負けずにいい、と。わたしも、とても誇らしく思いましたもの」

照れくさくなって源太夫が思わず空咳《からせき》をすると、みつがそれを見ておだやかな笑みを浮かべた。

茶を含むと、冷《さ》めかけてはいるものの、苦味がさわやかに感じられる。

「茶がうまい」

「おわかりでしたか」

「……？」

「変えました。一つ上の品に」

源太夫はそれには気づかなかったが、みつがそう思っているなら、わざわざ正すこともないだろう。

――このようにとりとめもなく夫婦で語るのは、いつ以来であろうか。

ふと、思いが至ったが、驚いたことに、これまでこのように二人だけで他愛もなく語りあったことはなかったのである。語りあうどころか、このような時間に、二人きりになることすらできなかったのだ。

常にまわりに人がいた。それは、弟子のだれかであり、あるいは息子の市蔵と幸司であり、そして権助であった。

まてよ、と源太夫はその瞬間に、悟《さと》りに似たなにかを強烈に感じたのであった。

本来の夫婦とはこのような、ほとんど意味のない、他愛もない会話を交《か》わせる関係なのではないだろうか。自分はそのようなことを経験せぬまま、ここまできてしまったのかもしれない。

夫婦の対話には、それなりの明確な意味があらねばならぬと思っていたが、意味を持たぬ、ただ二人がいて、とりとめないことを、とりとめもなくやり取りすることが、本当のあるべき姿なのかもしれない。

――だとすると、夫婦というものも案外といいものであるな。

「なにがおかしいのですか」

「いや、なんでもない」

「頬《ほお》がゆるんでおりましたよ」

「弟子にとって、どのような師匠がいい師匠なのであろうかと、ふとそう思ったのだ」

危《あや》ういところで源太夫はごまかした。

「わたしにはよくはわかりませんが、おまえさまはお弟子さんが望んでいるような、こうあってほしいとねがうような師匠だと思います」

「そんなことはあるまい」

源太夫は憮然《ぶぜん》となったが、それは照れ隠しのためであった。かれ自身、みつが言うような師になりたいものだと自分に言い聞かせていたからである。ただし、弟子が望んでいるのがどのような師かは、正直なところわからない。

かれが常々心がけているのは、身分や腕に関わりなくすべての弟子を平等に扱うことと、それぞれの弟子が内に秘めながら本人も気づいていない資質を引き出すことであった。それに思い至れば、急激に成長する者が多いのがわかっているからだ。師の務《つと》めとはなにか、そう考えるとき、源太夫は師匠の日向主水《ひゅうがもんど》と自分を無意識のうちに対比させていた。

「お師匠はどのようなお方でしたの」

源太夫は思わずみつを見た。かれの思いがわかるかのような言葉を洩《も》らすことが、最近のみつは多くなっていた。いささか子供じみているが、何度かに一度は、それをはぐらかしたくなる。

源太夫はにやりと笑った。

「わしの師匠は、下駄《げた》だった」

「……！」

「渾名《あだな》だ。婚儀のおりに『高砂《たかさご》』を謡《うと》うてくれたから、みつも覚えておろう」

それには答えず、みつはくすりと笑いを洩らした。

源太夫の師匠である日向主水は、額、頬、鼻、顎《あご》の高さがほとんどおなじで、目と口がちいさく、しかも長四角い顔をしている。そこで、ついた渾名が「下駄」であった。

「渾名はもう一つあった」

「二つも、でございますか」

「師匠は顔が四角うて、顎が張っておる。顎が張った顔の持ち主は頑固《がんこ》だと言うが、顔の形に性格が出るなどということが、あるであろうか」

「それで、日向さまは？」

「頑固とはいささかちがうな。短気でカッとなりやすかったが」

弟子のおこないや言葉が気に入らないと、「けしからん、破門じゃ！」と雷が落ちた。「許せん！　破門である」でなければ、「破門だ！　わしのまえに二度と顔を見せるな」であった。

そこでつけられた、もう一つの渾名が「破門先生」。しかし、恐れられていたというよりは、どちらかといえば親しみのこめられた響きを持っていた。

日向主水は激情に駆られて呶鳴《どな》りはするものの、冷静になるとかならずといっていいほど後悔するのである。しかも相当に強く。とはいうものの、自分から許したり歩み寄ったりはしない。

それがわかっているので、破門された弟子は数日を置いて詫《わ》びを入れる。あるいは高弟のだれかとか、かつての弟子で要職に就《つ》いている知りあいに頼んで、いっしょに詫びてもらう。

直後では許してもらえないので、師匠が後悔したころを見計らって詫びを入れるのである。

主水は簡単には許さないものの、それでも最終的には渋々と受け容れるのであった。しかし、苦虫を嚙《か》み潰《つぶ》したような顔をしていても、内心ほっとしているのが、なぜか周囲《まわり》にはわかってしまう。

「しかたがない。今回にかぎり許す。以後、此度《こたび》のようなことのなきように」

「ありがとうございます。これからは心を入れ替え、稽古《けいこ》に励みます」

「相わかった。心を律《りっ》して励むのだぞ」

となるのだ。

「今回にかぎり」のはずなのに、五回も破門され、その都度《つど》復帰した弟子もいた。といって弟子たちは、師匠を舐《な》めているわけではなかった。

師匠がどこで怒るのか、なにが逆鱗《げきりん》に触れるのかの予測がつかないのである。今の今まで笑っていた主水が、一瞬ののちには顔を真っ赤にして吼鳴り散らすのは、謎以外のなにものでもなかった。

龍の咽喉《のど》もとには逆《さか》さに生《は》えた鱗《うろこ》が一本だけあり、人がそれに触れると殺されるとされている。それから生まれた故事成句が、「逆鱗に触れる」であった。

「師匠には逆鱗が何本もあるにちがいない」

「それも逆さだけでなく、あっちこっちを向いて生えておるのだろう」

そんな会話が、真顔で交わされたこともあるくらい、主水の怒りの出どころは不明であった。もちろん、それがわかるくらいなら、弟子たちも触れはしない道理だが。

激情に駆られた主水の怒りの凄《すさ》まじさはものすごく、だれもがそのときには心底震えあがる。だが心の奥では、必ず許してくれる、ときが解決してくれるとの甘えがあるのもたしかであった。

そして、ねがいは叶《かな》うのである。しかも極めて短い期間で。

もちろん全員がそうではなくて、中には詫びを入れない弟子もいた。戸崎喬之進《とざききょうのしん》がいい例であった。四尺六寸（約一四〇センチ）と小柄で貧相な男だが、五尺六寸（約一七三センチ）の多恵《たえ》と夫婦になって、静かな園瀬《そのせ》の里の民を驚かせた男である。

小柄にもかかわらず、めっぽう剣の腕がよかった喬之進は、試合で師匠の教えなかった技を用《もち》いて勝ったために、破門を言い渡された。すぐに師匠に詫びを入れるように、なんならいっしょに頭をさげてやってもよいと、高弟の一人が声をかけてくれたのだが、喬之進は従おうとはしなかった。

「わたしが遣《つか》ったのは、師匠の教えにつながっており、生まれるべくして生まれた技です。ですから、教えなかったとおっしゃる師匠は勘違いしているのです。わたしは、師匠に教えてもらった技を用いたのとおなじだと考えていますので、詫びるつもりは毛頭ありません」

「そう意地になるものではない」

「意地ではありません。師匠のお言葉に納得できないだけです」

「戸崎は頑固であるな」

「師匠ほどではないでしょう」

「まあ、そう力むな。師匠は弾みでつい言ってしまい、悔んでおるのだ。いま謝れば、怒りはまちがいなく解ける」

主水が喬之進の技量と人間性を、非常に高く買っているのを知っていた高弟は、なおも慰留《いりゅう》に努めたが、喬之進は頑として首を振ろうとはしなかった。

その後、かなりのあいだ、日向主水はうち沈んでしまった。戸崎喬之進に破門を言い渡したことを悔いているのが、だれの目にも明らかであった。

弟子たちは心の裡《うち》で喬之進を称讃する一方で、師匠の主水をますます好きになったのである。

「父と子」と、みつがしみじみと言った。「師匠とお弟子さんは、ある意味で父と子、いえ、場合によっては、それ以上の絆《きずな》で結ばれているのかもしれませんね」

「父と子、か」

「はい、父と子。おまえさまとお弟子さんを見ておりますと、血のつながりはなくとも、いえ、血のつながりに関わりなく、……ちがいますね。血のつながりがないからこそ、じかに心が触れあえるのかもしれないと、そんな気がいたします」

「これはたいへんなことになった」

「なにがでございます」

「身に覚えがないのに、わしは百人を超える息子をつくっていたことになる」

「まあ」

ったからだろう。

「照れてらっしゃるのね」

庭のほうが騒がしくなったのは、トンボ釣りに出かけていた弟子や子供たちがもど

「百人を超える息子さんがいても、おまえさまはまだまだ師匠には勝てませんよ」

「……？」

「なぜって、渾名が軍鶏侍の一つだけですもの」

源太夫が苦笑すると同時に、母屋《おもや》側の庭に駆けこんだ市蔵が、虫籠を高々とさしあげた。

左手に籠を持ち、右手には虫獲り竿《ざお》の柄《え》を握っている。竿の先には糸が結ばれ、それに蠅《はえ》を縛《しば》って振りまわすと、トンボが喰いつくのであった。

「父上、母上、トンボです。シオカラトンボにムギワラトンボ。市蔵が獲りました」

「そうか、それはでかした。手柄だぞ」

源太夫が褒《ほ》めると、市蔵は得意げに鼻を蠢《うごめ》かせた。

弟子の一人に背負《せお》われた幸司は、すやすやと眠っていた。弟子から息子を受け取りながら、みつがねぎらった。

「ご苦労でした」

頭をさげて弟子が道場に向かうと、市蔵の声がしたからだろう、掃除を中断して下男がやってきた。すると市蔵がまたしても自慢する。

「権助、トンボだぞ。シオカラトンボにムギワラトンボ」

「おお、さようですか。たいした手柄でございますな。それでは市蔵若さま、ご褒美《ほうび》に権助爺《じい》がいいことを教えてあげましょう」

「……？」

「そのトンボには別々の名がついておりますが、二つはおなじトンボで、ムギワラトンボはシオカラトンボの雌《めん》でございますよ」

まさかと思ったのだろう、市蔵は源太夫に問いかけるような目を向けた。

「父はトンボについてはよくは知らんが、権助が言うのであればまちがいはない」

源太夫の言葉に、市蔵は改めて籠のトンボを見て首を傾げた。一匹の腹部と背中はわずかに青の混じった白っぽい灰色で、もう一匹は名前どおり麦藁《むぎわら》色をしている。それが雄雌だとは、市蔵にはどうしても信じられないらしい。

岩倉源太夫は道場を開いて五年ほどになるが、これまでに破門を言い渡した弟子は一人もいない。

二

別に、師匠の日向主水を意識し、自戒《じかい》しているというわけではなかった。冷静沈着なかれは、激情に駆られるということがなかったし、弟子の非を認めた場合にも、頭ごなしに叱《しか》りつけたりはしない。

なぜなら特に若い弟子の場合、知らない、わからないことのほうが多いからである。だから源太夫は、なぜそのような言動を取ったのかを訊《き》き、勘違いしている場合にはおだやかに、それを正すようにしていた。

そしてわかったことは、源太夫にとっては当然ともいえる常識を、弟子たちが知らない、あるいは理解していないことであった。相手が知らないのに、頭ごなしに叱ることはできない。

いや、それ以前の問題として、日向道場は主水の個人道場であったため、源太夫の場合とは事情がちがっていた。その後、小高根大三郎《おだかねだいさぶろう》が養子となって跡を継《つ》いだが、個人の道場であることに変わりはない。

ところが源太夫の岩倉道場は、藩士およびその子弟を指導するという条件で、藩主九頭目《くずめ》隆頼《たかより》が建ててくれたものである。さらには扶持《ふち》まで与えられているので、かれとしても簡単に破門にすることができないという事情があった。その場合には、破門理由などを明記した届けを、目付に提出しなければならない。

もっとも、そのようなことに関係なく、破門にする理由も必要もなかったのである。納得のいくまで話しあって、それでもわからぬ弟子はいない。いや、いなかったからだ。

その源太夫が、初めて破門を真剣に考えねばならぬ事態に直面した。

その弟子の名は深井《ふかい》半蔵《はんぞう》といい、源太夫とは因縁浅からぬ男である。かれとしては半蔵をなんとか立ちなおらせ、正道にもどしたいのだが、ほかの弟子たちに与える悪影響がひどすぎては放置しておけず、破門も考えねばならない。

少しまえに、道場主が園瀬の里から姿を晦《くら》ませたため、二つの道場が閉鎖になった。大谷内蔵助《おおたにくらのすけ》と原満津四郎《はらまつしろう》の道場だが、閉鎖せねばならぬ事情といえば、まさに自《じ》業自得《ごうじとく》であった。

岩倉源太夫の剣名があがり、そのためほかの道場から岩倉道場、別名軍鶏道場に鞍《くら》替《が》えした弟子たちがかなりの数いた。なかでも、大谷と原の道場からの弟子が多かった。

危機感を抱き、逆恨みした二人の道場主は、それぞれが一番弟子を伴って、寺町《てらまち》で源太夫を挟撃して闇討ちした。四対一であったが、源太夫は簡単に撃退している。

大谷内蔵助は報復のため、江戸の番町《ばんちょう》に道場を構える年子の兄馬之介《うまのすけ》を園瀬に連れもどった。しかし源太夫は秘剣蹴殺《けころ》しで、一撃のもとに馬之介を倒した。そのためもあって、大谷内蔵助と原満津四郎は園瀬にいられなくなったのである。

二つの道場の門人の中には、その時点で修行をやめた者もいたが、多くが岩倉道場に横滑りした。「来るは拒《こば》まず、去るは追わず」を標榜《ひょうぼう》している源太夫は、園瀬藩士とその子弟であれば無条件に受け入れた。

大谷と原の道場に在籍した連中は、性格の捩《ねじ》れた者が多く、志が低いこともあって、岩倉道場の厳しい規律と稽古に耐えられなかったのであろう。かなりの数の弟子が、いつのまにか姿を見せなくなっていた。

そんな中にあって、深井半蔵はやめようとはしなかった。

この男は大谷内蔵助の一番弟子、つまり寺町で源太夫を闇討ちした仲間の一人で、かれが峰打ちを喰らわした男である。だが源太夫は、そんなことは曖気《おくび》にも出さず、黙って入門を許した。

案の定、半蔵は浮きあがった存在になってしまった。ひねくれ者であり、絶えず不満を洩らすためもあって、いつしか、ほかの弟子たちからは敬遠されるようになっていたのである。

半蔵は大谷道場では一番弟子として威張っていられたが、岩倉道場ではそうもいかない。格付けが名札によって明確にされるのが、かれにはなによりも気に入らないのである。

五年まえの道場開きに際して源太夫は、壁に掲げる弟子の名札を申しこみ順とした。そして、以後は半年ごとに並び替えると宣言したのである。

だれであろうと、一枚でもまえに自分の名を出したい。その分、稽古に励むだろうと思った源太夫のねらいは的中した。

稽古に真剣に取り組み、切磋琢磨《せっさたくま》して全体の水準をあげていくという、理想的な状態が道場を開いて間もなくできあがったのだ。半年ごとの並び替えに、門弟は一喜一憂し、さらに闘志を燃やした。

稽古着に着替えて道場に入った弟子は、まず壁の名札を裏返す。赤字が黒字に変わるわけである。そして退出するときにも裏返すので、今度は黒から赤に変わる。

赤は不在なので、病気や怪我で休めば、あるいは江戸勤番や大坂屋敷詰めになると、名札は赤字のままで場所も変わらない。

江戸表に出ても道場に通って励む者も多く、そのような者はもどってもすぐに名札の位置をあげた。逆に怠《なま》けた者は、一気に何枚もさげられてしまう。

壁の名札を見れば、個々の実力が一目瞭然《いちもくりょうぜん》であった。

名札の位置について半蔵は不満を洩らしたが、師範代の柏崎数馬《かしわざきかずま》も東野才二郎《とうのさいじろう》も、そのようなつまらぬことを源太夫に告げはしない。それが、ますます半蔵を依怙地《いこじ》にさせたようである。

気の重くなるような曇天《どんてん》の日の、五ツ半(午後九時)ごろのことであった。道場のほうが騒がしいので源太夫が覗《のぞ》くと、若い弟子たちが権助を呶鳴りつけていた。

「いかがいたした」

「あ、大旦那さま」

よほど困っていたのだろう、老僕は源太夫が現れたので安堵《あんど》の色を浮かべた。

「このような遅い時刻に、それも道場で酒盛りをしておりましたので、おやめになるよう申したのですが」

一升徳利《どっくり》を中央に据えて、弟子たちが車座になっていた。首謀が深井半蔵であることは、一目でわかった。

　全員が、大谷道場と原道場から移籍した弟子のうちの、やめなかった者のすべてということになる。半蔵を入れて四人であった。

「だれの許しを得て、道場で酒盛りを始めたのだ」

　源太夫はおだやかに問うたが、ほかの三人が顔を伏せた中で、半蔵のみが傲然《ごうぜん》と源太夫を見据え、そして言った。

「許しを得なければ、道場で酒を飲んではいけないのですか」

「自明のことではないか。道場は剣技と心を練磨する場であって、酒を飲む場ではない。ゆえに飲酒は厳禁で、求められても許しはせぬ」

「しかし、道場訓には書かれておりません」

　冒頭の「礼節を以《もっ》て旨《むね》とすべし」に始まり、「私闘に走りし者は理由の如何《いかん》に拘《かかわ》らず破門に処す」まで十三項目ある道場訓には、たしかに「道場にて飲酒すべからず」の項はない。

「わざわざ書く必要がないからだ。出ておらんのは、論外だからということがわからぬことはなかろう」

「道場訓に、道場にて飲酒、高歌放吟《こうかほうぎん》すべからずとあれば、わたしも敢《あ》えて飲もうとはしません」

「屁理屈を言うな」

「では、破門ですか」

「そのような言葉は、軽々《けいけい》に口にするものではない」

「でも、破門したいのではないですか」

「破門は最後通牒《つうちょう》だ。一度発したら取り消せるものではないのだぞ」

半蔵は目を逸《そ》らすと、ふてぶてしい顔になった。

「先生は大谷道場と原道場から移ったわれらを、毛嫌いされておる」

「さようなことは断じてない。なにか根拠があってのことか」

「わたしより腕の劣《おと》る者が、右どころか上の段にさえおります」

道場の名札は、腕の順に右から左へと掲げる。一段に収まらなければ、段は上から下へ二段、さらに三段となる。そのため、一番強い者が最上段の右端に位置する。

もっとも腕の立つ者を称して、「あの男の右に出る者はいない」と言うのはそのためであった。もとは中国の漢時代、右が上席であったことから、「右に出る者なし」と言いならわされていた成句からきている。

右ばかりか上の段にもいるということは、あまりにも不当な評価だとの不満にほかならない。

「師であるわしの目を、節穴だと言いたいのか」

「…………」

「打ち消さぬところをみると、どうやら図星のようだな。だがな、深井」

「それごらんなさい」と、間髪《かんはつ》を容《い》れず半蔵が口を挟んだ。「わたしはなぜ、苗字の深井でなく、半蔵と名で呼んでいただけないのですか。先生は弟子を、苗字ではなく名で呼んでおられる。わたしだけではありません。大谷道場と原道場から来た者だけが、苗字で呼ばれているのです」

半蔵はそう言って、同意を求めるように、いっしょに飲んでいた連中を見まわした。

「われらは外様《とざま》で、親藩《しんぱん》や譜代《ふだい》とおなじには扱ってもらえぬということらしい」

「くだらぬことを言うな。おまえたちは当道場に移って間もないので、まだそれほど馴染《なじ》んでおらんからだ」

半蔵は不服そうであったが、それ以上の反論はしなかった。

「それよりも腕のことだが、おのれの力というものは、案外わかりにくいものである。自分より少し腕が上だと思う相手は、少しどころか数段上の腕の持ち主だと思ってまちがいない。自分とおなじ力量だと思えば、少なくとも一段は上とみなければならん。おなじ伝で一段下だと思ったら、自分とおなじと考えるべきだ。人は自分を過大に、他人を過小に評価する。だれだってそうなのだ」

「程度というものがあります」

「……？」

「おなじ段の、いくらか右というならともかく」

「上の段では納得できんというのだな」

半蔵は黙していたが、目が「そうだ」と言っている。ほかの三人も気になるのだろう、時折、ちらちらと二人を盗み見ていた。言葉で説得させるのは、まず難しいだろうという気がした。ひと呼吸おいてから、源太夫は言った。

「よかろう。名札の順がまちがっていないことを、明日、明らかにしてみせよう。それで納得したら、少しはわしの言うことも聞けるようになるだろう。では、道場での飲酒が禁じられていることがわかったのだから、これで解散しろ」

言い捨てて、源太夫は道場をあとにした。

いささかひねくれた連中なので、あるいはもうひと騒ぎ起こすかもしれないとも思ったが、四人はその夜はおとなしく引きあげた。あるいは源太夫が、名札の順が正当なことを証明すると言明したので、「であればそれまでは」と保留にしたのかもしれない。

三

源太夫は半蔵が心の裡に空洞のようなものを抱え、それがかれの捩れた性格を作ったであろうことを感じていた。

片意地を張ってはいるが、本当は寂しいのである。苗字でなく、なぜ名前の半蔵で呼んでくれないのかとの問いは、抗議というよりは、ぽろりと漏れた本音だとみてまちがいないだろう。

だれかに自分をわかってもらいたいし、認めてもらいたいが、だれにも無視されていると感じて、目立つ行動に出たのだ。それが少年時代の半蔵で、本質は成長しても変わってはいないということである。

そのころの半蔵は、悪童たちの餓鬼《がき》大将であったはずだ。そして、敢えて人の嫌がるようなことばかりするので、除者《のけもの》にされるという悪循環にはまり、それが現在まで続いているにちがいない。

家の事情が半蔵の行動に拍車をかけたことも、十分にあると思われる。父の深井平《へい》蔵《ぞう》は、藩の必要物資購入の責任者である町会所《まちかいしょ》奉行であった。藩にあっては中の上の格だが、役方としてはまずまずの家柄である。

長男が亡くなったので次兄が家督を継ぎ、三男は町会所奉行とはほぼ同格の、作事奉行に請《こ》われて養子となった。

四男坊の半蔵は部屋住み厄介《やっかい》のまま、二十三歳となっていた。学問か武芸に励めば道も開けたかもしれないが、学問には興味を示さず、むしろ馬鹿にしていたのである。

十代の半ばになって大谷道場に入門したが、それが不運に輪をかけたといえるだろう。岩倉道場に入ればちがったであろうが、そのころ源太夫はまだ現役の御蔵《おくら》番であった。道場を開きたいとの夢は、心の奥深くに秘めて親友にも洩らしてはいなかったのである。

半蔵が入門した大谷道場には、かれとおなじような部屋住み厄介、つまり武家の次三男坊が多かった。そうなったのには理由がある。

馬之介と内蔵助の大谷兄弟は、父親が武士としてもっとも恥ずべき後傷《うしろきず》を受けたことがもとで家を廃され、泥水を飲まされるような少年時代をすごした。その屈辱を武芸で晴らそうと、いっさいの雑役を引き受けることを条件に町道場に潜《もぐ》りこみ、悔しさのすべてを武術に注いだのである。

腕は急激にあがったが、それは武術と言えるものではなかった。いかなる手を用いても勝てばいい、相手を叩きのめしさえすれば満足という、破落戸《ごろつき》の喧嘩《けんか》剣法よりひどいものであった。やがて園瀬の里の鼻つまみ者となり、つけられた渾名が「狂い狼《おおかみ》」である。

あまりの俗悪さに道場主にも疎《うと》まれた兄弟は、飛び出して古い百姓家を借り、十代の後半で大谷道場を興《おこ》した。そのような札付き兄弟の道場に、入門する者などいるのかと思うのは常識人で、世の中に不満を抱く若者が次々と門を叩いたのだ。

半蔵はそんな連中の集まった大谷道場で、道場主の雛形となった。ところが岩倉源太夫のために内蔵助は園瀬を出奔《しゅっぽん》せざるを得なくなり、道場は閉鎖に追いこまれた。深井半蔵は複雑な思いを抱いたまま、源太夫のもとに入門したのであった。

不当に扱われていると不満を抱き続けてきた半蔵は、岩倉道場でまたしてもおなじ思いを味わわされた。かれにすれば、輪をかけてひどいものに感じられたことだろう。そのためさらに歪《ゆが》み、捻れてしまったのだ。

それはわかっているが、源太夫に甘やかす気は毛頭ない。なぜなら、そんなことをすればさらに傷つけることになるからだ。ただし、なんとかして正道にもどせないものかと、腐心していたのである。

翌朝、大村圭二郎が道場に出れば、母屋に顔を出すように言っておいた。稽古熱心な圭二郎は、明け六ツ（午前六時）にはやって来た。

十五歳になったこの若者は、武芸に役立つと思えばどんなことであろうと、貪欲《どんよく》に稽古に採《と》り入れていた。十歳で入門したときにすでに、十四、五歳かと思うくらい大柄だったが、今では五尺七寸（一七三センチ弱）に達し、しかもまだ伸びていた。

圭二郎は頭も悪くはないし、努力を惜《お》しまないので、いつのまにか岩倉道場で五指に数えられるまでに、腕をあげていたのである。源太夫が日向道場でそうなったのは、十七、八歳であった。とすると圭二郎は、相当な剣士に育つ可能性がある。

源太夫が大谷馬之介を蹴殺しで倒したとき、柏崎数馬と東野才二郎は電撃的な速さのために、その技を見ることができなかった。なんとかそれを見られるようになりたいと懇願《こんがん》され、源太夫は鍛練法を教えた。

まず五間（約九メートル）の距離を置いて向きあい、一方が礫《こいし》でも木の実でもいいが、適当なものを相手の顔を目がけて投げるのである。最初は緩やかに投げるが、完全に躱《かわ》せるようになると、次第に強くし、最終的には全力で投げつける。

それが第一段階で、次は一尺（約三十センチ）か二尺ずつ距離を縮めながら、おなじことを繰り返す。

この方法の利点は、個人の能力に応じて調節ができることであった。早く習得する者もいれば、時間のかかる者もいるが、努力次第ではかなりの近距離でも躱せるようになる。当然、相手の動きが見えているということであった。

さらにそれを弓矢でもおこなう。矢はそのままでは用いず、鏃《やじり》にたんぽという丸めた綿をつける。もちろん、物を投げるときよりは距離を置く。そして顔ではなく胸をねらい、最初は緩く、とあとはおなじであった。

源太夫が当代秋山勢右衛門《あきやませいえもん》の放った刺客を、蹴殺しによってたった一撃で倒したとき、数馬と才二郎はその一部始終を、しかと見ることができたのである。それを知った圭二郎が、自分の修練に採り入れないわけがなかった。

圭二郎を慕《した》う藤村勇太《ふじむらゆうた》が、腰巾着《こしぎんちゃく》のようにかれにつきまとって行動をともにしていた。圭二郎より一歳下の十四歳だが、見た目には三、四歳、いや、それ以上の開きが感じられた。勇太は、大柄で逞《たくま》しい圭二郎に較《くら》べ、その肩までしか背丈がなかったし、線も細く、声もちいさかった。しかもなにか訊かれると、すぐに圭二郎の顔を見あげ、その背後に隠れようとするので、どうしても幼く映ってしまう。そして圭二郎に気に入られようと、かれがしていた権助の手伝いを、勇太が引き受けるようになっていた。

二人はさっそく、その新しい鍛錬法を始めたらしい。らしいというのは、源太夫が実際に見たわけではないからだ。道場での稽古を終えた圭二郎と勇太が、連れ立って出かけることがある。とすれば、およその察しはつこうというものだ。

二人は毎日、八ツ(午後二時)ごろに姿を消し、もどるのはたいてい日の暮れ時分であった。どうやら花房川《はなぶさ》の河川敷や、藤ヶ淵《ふじふち》の背後の秋葉山《あきば》の、他人に見られない場所に行っている節があった。考えるまでもなく、目的は稽古しかない。

道場や庭でもできなくはなかったが、ひそかに腕を磨いて、道場仲間をアッと言わせたいのだろう。

「あの稽古は続けておるのか」

さりげなく水を向けると、圭二郎は問われた意味を察したはずなのにとぼけた。

「あの稽古と申されますと」

源太夫が答えずに、手首をすばやく動かして物を投げる動作をすると、圭二郎は二ヤリと笑いを浮かべた。

「はい、投避《とうひ》稽古なら続けております」

「逃避稽古？」

「それに、矢躱《しした》稽古と梟猫《きょうびょう》稽古も」

「下稽古？　狂病稽古？　なんだ、それは」

「全部、先生が柏崎さんや東野さんに教えられた稽古です。投避稽古は、顔を目がけて物を投げる。それを避ける。初めはゆっくり、次第に速く。それをこなせば、距離を縮めてゆきます」

「あ、ああ」

「矢躱稽古は、弓で矢を射かけるあれです。最初は距離を置いてゆるやかに。それが躱せるようになれば、次第に強く射かけ、それでも凌《しの》げるようになれば、距離を縮めておなじことを繰り返します」

うなずいた源太夫は、しばし思いをめぐらせてから、ようやくのことで、投避稽古と矢躱稽古という文字を当てはめることができた。

「しかし、なぜそのような難しい名をつけるのだ」

「投げて避ける稽古だとか、射た矢を躱す稽古などといちいち言うのは、まどろっこしいでしょう。稽古一、稽古二と番号をつけてもいいのですが、稽古の数が増えればわけがわからなくなります。稽古十八はそれまで、次は稽古二十二だ、などとやっても、ピンとこないですからね」

言われてみればもっともだが、「きょうびょう」稽古がわからない。源太夫には文字の見当もつかなかったが、圭二郎はすました顔で講釈した。

「闇夜に物を見る鍛錬です。最初は梟《ふくろう》稽古と言っておりましたが、間延びしてまるで厳しさが感じられません。それにフ・ク・ロ・ウ・ゲ・イ・コなんて、子供の遊びみたいではありませんか。武芸の鍛錬にふさわしい言葉を探しまして、梟とおなじように暗闇でも物の見える猫をくっつけ」

「それで梟猫稽古か」

「いわくありげな、もっともらしい名でしょう」

「そんなことを考える暇があったら、稽古に励んだらどうだ」

源太夫の言葉を圭二郎はさらりと躱した。

「それで先生、わたしがその稽古を続けていたとしましたら、どうなのでしょう」

この若い弟子は、礫や矢だけでなく相手の舌をも躱せるようになったらしい。

四

——いささか荒療治《あらりょうじ》がすぎたか。

中途半端ではかえって逆効果でしかないだろうと、源太夫は思いきった方法を取った。だが、その結果があまりにも衝撃的であり、屈辱だと感じたのか、深井半蔵は姿を見せなくなったのである。半蔵だけではない。大谷と原の両道場から来た三人も、行動をともにした。

しかし、ほかの弟子たちに動揺はない。むしろ陰気な不平屋の顔が見えないことで、気が滅入らなくていいと感じている節すらあった。

いや、もっとひどかった。完全無視で、話題にすら上らないのである。

——要はどう受け止めたかだが、人に認めてもらいたいなら、それだけのことをしなければならない。認められるだけの人物にならねばならぬと感じたなら、まだ十分に立ちなおれるはずだ。

苗字でなく、なぜ名前の半蔵で呼んでくれないのかとの言葉を聞いて、源太夫は半蔵が立ちなおる可能性があると確信した。だから、それに賭《か》けてみるしかないと決めたのである。

あの日、投避稽古ではどの程度まで腕をあげたかを、源太夫は圭二郎に訊いた。

「二間（約三・六メートル）ならほぼ躱せます」

自信をもって答えたので、源太夫はいささか驚いた。まさかそこまでいっていると は、思いもしなかったのである。もちろん熱意もあるのだろうが、若いと習得も早い ようだ。圭二郎はひと呼吸置いて、

「一間ではまだまだですね」

「当然だろう。わしも全部は躱せぬ」

「三割、調子がよいと四割です。二割は超えました」

予想をはるかに上まわる成績で、源太夫は驚かされたが顔には出さなかった。

「勇太はどうなのだ。いっしょにやっておるのだろう」

「腕をあげています。三間ならまず完璧と言っていいですが、二間となりますと、 三、四割がいいとこです」

そちらも源太夫には思いもしない数字で、その時点でかれは心を決めたのである。

「よし、わかった。圭二郎と勇太には、あとで手伝ってもらいたいことがある」

「かしこまりました」

大村圭二郎が一礼して道場に向かったので、源太夫は母屋にもどった。みつを呼ぶと、「はい」との返辞といっしょに妻がやって来た。

「お手玉はあるか」

「どうなさったのですか、そのようにちいさなお声で。わかりました。遊びたいのですね、お弟子さんに内緒で」

「からかうではない。稽古で使うのだ」

「うちは男の子だけですからありませんが、姉に借りましょう。姉は二人とも女の子がいますから、あると思います。何個あればよろしいの」

「十個もあれば十分だ。五個でもかまわん」

「お急ぎですか」

「五ツ（午前八時）までに入ればいいが、用があるなら弟子のだれかに行かせよう」

「五ツでよろしいなら、大丈夫です」

深井半蔵が道場に顔を見せるのは、だいたい五ツ半（九時）か四ツ（十時）であった。

半蔵たち四人がそろって道場に現れたのは、四ツを少しすぎた時刻であった。相変わらずふてぶてしい態度だが、いくらか緊張しているのが感じられた。

四人が側《そば》に来たので、源太夫はかれらを坐《すわ》らせた。

「いいか深井。……いや、まだ半蔵とは呼ばぬ。そのときがくれば自然と呼ぶようになるだろう。名前で呼ばれたかったら、それにふさわしい人間になれ。さすれば、わしは自然に」

「説教はほどほどにしていただけませんか。わたしの名札の位置が、なぜあれほど低いかを明らかにしていただけるはずでしたが」

「むろんだ。だがそのまえに、これだけは言っておく」

「……………」

「おまえの名札があの位置にあるのは、心が伴わないからだ。……待て、聞くのだ。心は心、体は体で、まったくの別物だと思っておるやもしれんが、だとすれば思いちがいだ。いくら技を習得しようとて、おのずと限度がある。なぜなら心は体を支配し、体も心を支配するからだ。それゆえ、曇《くも》りのない心を持たねばならぬ。心と体は、桶《おけ》と水のような関係にある。ちゃんとした桶には上まで水がはいるが、桶板の一枚が半分しかなければ、そこから漏れて、いくら入れても水は半分しか入らぬ」

「ですから」

「落ち着くのだ。本当に強くなりたいなら、黙って聞け。わしの言ったことがわかるときが、いつかかならずくる。わしはその日のために言っておるのだ。心を徳利に喩《たと》えればわかりやすいだろう。一升徳利には一升が入る。半分入っておっても、まだ五合が入るのだ。五合徳利には五合しか入らん。それが心と体の関わりというものだ」

「わかりました」

「深井にとってはつらいことになるやも知れぬゆえ、場所と日時を変えてもかまわぬぞ」

「今、ここで」

「いいのだな」

「むろん」

源太夫が立つと半蔵ら四人も立ったので、かれは大村圭二郎と藤村勇太を呼び、少し考えてから東野才二郎も呼び寄せた。柏崎数馬は登城日だったからである。

怪訝《けげん》な表情になった半蔵は、たちまち不愉快さを露骨に現した。源太夫は懐からお手玉を取り出すと、五個ずつ才二郎と圭二郎に手渡した。

異様な雰囲気を感じたらしく、道場にいた全員が稽古を中断して、源太夫たちを見守っていた。

「なんですか、これは！　竹刀とか木剣での勝負ではないのですか。馬鹿にするのもほどほどにしてください」

「それ以上によくわかる方法で、望みどおり明らかにしてみせる」

源太夫は才二郎と圭二郎を、一間の距離で向きあって立たせた。

「ほかの者は少し距離を取れ」

師匠の言葉に、弟子たちは二人を遠巻きにした。半蔵の顔は憤怒《ふんぬ》のために引き攣《つ》り、目は飛び出しそうになっていた。

「いいか、相手の顔を目がけて、交互に全力で投げるのだ。では圭二郎の先攻で、始め！」

凜《りん》とした源太夫の声で、道場は無音の世界になった。弟子たちは息を呑んで、二人を凝《ぎょう》視《し》している。

しかし圭二郎は右手にお手玉を握り、突っ立ったまま微動もしない。当然だが、才二郎も動かなかった。背丈では十五歳の圭二郎が何寸かおおきかったが、胸の厚みや体の頑丈さでは師範代の才二郎が圧《あっ》していた。弟子たちは二人の存在感に圧倒されていた。

息苦しいほどの緊張が支配し、たまりかねてだれかが音を立てておおきく息を吸うと同時に、圭二郎の手首が動き、お手玉が唸《うな》りをあげて才二郎の顔面に飛んだ。しかし顔には当たらずはるか背後に飛び、落ちると猛烈な勢いで床を滑って板壁に当たった。お手玉はおおきく跳ねあがった。

しかし、それよりも弟子たちが驚愕《きようがく》したのは、圭二郎のお手玉を、体を反らして躱しながらという不自然な体勢から、才二郎が投げたからである。しかもそれは圭二郎の額に命中し、鈍い音を立てて床に落ちた。

その後、二人は矢継ぎ早に投げあった。特に圭二郎は縮むと見せて伸びあがり、長身を利して頭上から叩きつけるように、あるいはわずかに間をずらせるなど技を駆使した。

結果は、才二郎は五回のすべてを躱したが、圭二郎は二回しか躱せなかった。それでも、一間では調子がよくて四割だと言っていたのだから、本人も終わったあとは満足そうな笑顔を浮かべていた。

「さすが才二郎には一日の長《ちよう》があるが、圭二郎も精進の甲斐《かい》があって腕をあげたな」

弟子たちが拾い集めてきたお手玉を受け取りながら、源太夫は深井半蔵と藤村勇太に声をかけて、やはり五個ずつ手渡した。お手玉を手にした勇太を見て、兄弟子たちの顔に笑いが浮かんだ。十四歳よりもはるかに幼く感じられたからだろう。

「おまえたちは三間の距離でやってみろ」

「はい」

勇太は素直に返辞したが、半蔵は蒼白な顔面を強張らせて抗議した。

「こんな子供とですか」

「十四歳の立派な門人だ。……それとも自信がないか」

半蔵は源太夫を睨《にら》みつけてから、しぶしぶ指定された場所に移った。

二人は三間の距離を置いて向きあったが、道場の空気が弛緩《しかん》するのが明らかにわかった。距離が三倍になった以上の、はるかな隔《へだ》たりをだれもが感じたのである。

「よし、始め」

源太夫の声でまず勇太が投げたが、半蔵は辛《かろ》うじてそれを躱した。

「勇太、手を抜くな。敵手《あいて》に対して無礼であろうが」

「すみません」

勇太は謝りながらも、すかさず投げた半蔵のお手玉を、らくらくと凌《しの》いだ。どことなく子供っぽい頼りなげな体つきだが、その動きが予想外に敏捷《びんしょう》なことに、その場にいた者たちは驚かされた。圭二郎の稽古に付きあわされて、自然に身に付いたのかもしれなかった。

結果は半蔵にとって、まさに屈辱的なものとなった。勇太がそのすべてを余裕をもって躱したのに対し、半蔵は三個を、それも顔面にもろに受けていた。最初の一投を勇太が手抜きしなければ、一個しかよけられなかったかもしれないのである。

もちろん、勇太が圭二郎とともに鍛錬を続けてきたのに対し、半蔵はそれをやっていないという差はあった。だが先にやった才二郎は、圭二郎が投擲《とうてき》動作に入ると同時に、お手玉の飛ぶ筋を反射的に避ける動きに入っていたのである。

日頃修練を重ねておれば、敵手の動きはかなりのところまで予測できる。半蔵は自分の実力のほどを、弟子たちのまえで見せつけられたのであった。

「心と体が互いに支配しあっているということが、よくわかったのではないか。わしはだれであろうと依怙贔屓《えこひいき》しない。区別しないし、差別もしない。深井がちゃんとしたところを見せれば、認めるのに吝《やぶさ》かでない」

半蔵は体を震わせながら源太夫を睨みつけていたが、不意に絶叫すると、「ワーワー」と叫びながらそのまま駆け出し、裸足《はだし》のまま道場を飛び出してしまった。残りの三人は顔を見あわせたが、足早に半蔵の後を追ったのである。

弟子たちの視線を一身に受けて、源太夫は静かに言った。

「名札の位置に関して深井が不満を洩らしたので、それを明らかにしてみせただけのことだ。心が歪んでおれば、いくら稽古をしても身に付きはしないということが、あの男にもよくわかっただろう。よし、稽古にもどれ」

五

深井半蔵たちの行方は杳《よう》として知れなかったが、弟子はだれ一人として口にしなかった。まるで初めから、かれら四人などいなかったがごときありさまである。

ただちがった点といえば、弟子たちのだれもが、投避稽古を採り入れたことであった。あの日の、特に東野才二郎を見れば、その威力を感じない者はいないはずであった。さらには、矢躱稽古や梟猫稽古にも取り組む者が出始めた。

投避稽古に励む弟子のために、みつはお手玉をせっせと作り続けた。もちろん、全員が同時におこなうわけではなかったが、それでも百個以上を道場に、常備しておかなければならなかったからである。

四人のことはいつのまにか忘れ去られたが、源太夫一人が気に病んでいた。

あるいはもとの師匠たちとおなじように、園瀬の里を出奔した可能性も、なきにしもあらずである。源太夫は平然としてはいたものの、内心では二つの思いが鬩《せめ》ぎあっていた。かれの本心に気づき、かならず立ちなおってくれるであろうと思う一方で、弟子たちのまえであまりにも手ひどい心の傷を与えてしまった、との慚愧《ざんき》の念が交錯しするのである。

源太夫がその噂《うわさ》を耳にしたのは、半蔵たちが姿を見せなくなって、四月《よつき》を過ぎてからであった。大谷内蔵助が姿を晦ませたため空家《あきや》となった、かつての道場に四人が住みついているというのである。外部との接触をいっさい断って、四人だけで生活しているらしい。

それを聞いて、まちがいなく立ちなおるであろうと源太夫は確信した。だが、それ以上のことはまるでわからなかった。

噂を耳にしてからさらに半年近く経った、ある朝のことである。

明け六ツ（六時）という早い時刻に、源太夫は権助が軍鶏の餌箱に餌を入れるのについてまわっていた。そうしながら、一羽一羽の調子を観察していたのである。

人の気配を感じると同時に、

「先生」

振り返るまでもなく、深井半蔵の声だとわかった。源太夫は一瞬顔を輝かせたが、すぐに平静さを取りもどし、ゆっくりと振り向いた。

目があうと、四人は静かにお辞儀をした。そこにいたのは、十月《とつき》まえとはまるで別人であった。ふてぶてしさや投げやりな雰囲気は完全に失せ、精悍《せいかん》さの感じられるすっきりとした顔に変わっていた。

——完全に立ちなおることができたな。

「これまでの失礼の段、平にご容赦《ようしゃ》ください。心よりお詫び申しあげます」

源太夫はおおきく何度もうなずいた。

「つきましてはおねがいの儀が」

「道場で聞こう」

三人の若い弟子が道場の拭き掃除をしていたが、四人が深井たちだと気づいて緊張するのがわかった。しかし、かつての鼻つまみ者ではなくなったのを、すぐさま理解したらしく、黙って掃除にもどった。

半蔵がまえに、うしろに三人が一列にならんで正座した。改めて深々とお辞儀をすると、半蔵は真剣な目で源太夫を見た。

「再度、試していただきたいのですが」

「これか?」と、源太夫は手首を捻《ひね》る仕種《しぐさ》を見せた。「その必要はない」

「……?」

「腕をあげたのは一目でわかる。わしが稽古をつけてやろう」

「……！」

その言葉に半蔵は喜色満面となった。

直ちに用意し、師弟は深々と礼をしてから対峙《たいじ》した。

半蔵たちは十月ものあいだ投避稽古に、死にもの狂いに励んだのであろう。そして、藤村勇太ならまかせられるまでに腕をあげ、やって来たのである。それだけ鍛錬すれば、当然だが格段に腕をあげていることはまちがいなかった。

源太夫にはわかる。なぜなら血の滲《にじ》むような稽古の果てに、かれ自身が得たものがあったからだ。

稽古とはしみじみと不思議なものだと、源太夫は思う。

ひたすら繰り返し、汗にまみれていると、なぜこれほどまでに苦しまねばならぬのだと、わけがわからなくなってしまうのだ。しかし励めば着実に身に付くものがあって、やがて見えなかったものが見えるようになる。それも徐々にではなくて、ある瞬間、幕が切って落とされたように、まるでちがう光景が現前するのだ。

悔しさ、無念さから、歯を食いしばって汗にまみれた半蔵は、ある線を超えたとき、突然、それまで見えなかったものが見えたはずである。過去の自分の姿が、一瞬にして、明確に。根性がいかに醜《みにく》く、顔をそむけたくなるほど汚れきったものであったかが、見えたのだ。

だから今、そこにいるのは十月まえの半蔵ではなかった。生まれ変わった、まったくの別人なのである。

源太夫は試みに仕掛《しか》け、軽く打ちあわせてみた。やはり動きが相当に見えているようで、次第に速めてみたが半蔵は確実に応じる。隙《すき》を見せても簡単には乗って来ない。

源太夫はうれしくなった。相手に攻めたいだけ自由に攻めさせ、それを受け止め、一瞬の虚を衝《つ》いて急所をねらい、肌の直前で竹刀をとめて、半蔵を身動きできなくもした。

四半刻（三十分）ほどの攻防であったが、終わりのころには弟子たちの数が増え、柏崎数馬や東野才二郎の顔も見えた。だれもが真剣に、あるいはうらやましそうに、師弟の一挙手一投足を見詰めていた。

そのころには半蔵はびっしょりと汗をかいて、呼吸も荒かったが、源太夫にはほとんど変化が見られなかった。弟子たちは改めて、自分の師匠の凄さを思い知らされたのである。

「よし、いいだろう」

源太夫がそう言うと、半蔵は深々とお辞儀をした。

「ありがとうございました」

「汗を拭いてさっぱりしたら、あとで母屋に寄れ」

「はい、わかりました」

再度頭を垂れてから、半蔵たちが控え室に消えると、数馬と才二郎がやって来た。

「まさかと思いましたが」

数馬の言葉に才二郎もうなずいた。

「四人ともようようのこと、岩倉道場の一員となったということだ」源太夫は二人に笑いかけた。「明日からは従来どおりとし、特別扱いはせぬように」

「はい」

数馬と才二郎、そして圭二郎らと打ちあわせをして母屋にもどると、すでに四人は正座してかしこまっていた。源太夫が坐るのを待っていたように、みつが茶を運んで来てそれぞれのまえに置き、菓子鉢を並べると、一礼してさがった。

「それにしてもみんな、よう頑張ってくれたな。正直に言うが、ここまでやってくれるとは、わしは思いもせなんだ」

四人は首筋から耳まで朱に染めて、何度もちいさくうなずいていた。

「ときに半蔵」

かつてあれほどふてぶてしく、不満を全身から発散させていた男が、少年のように顔を輝かせた。

「わしはな、みんなを信じておった。だからだれよりもうれしい。今日、四人は真実わしの弟子となった。そこで半蔵に頼んでおく。三人は、おまえがしっかりと面倒をみてやってくれ」

半蔵は答えることができずに、何度も何度もうなずいた。


新たな名札の並べ替えで、深井半蔵の位置はほとんど変わらなかった。ただし、二段目から最上段に飛躍した。ほかの三人も、それぞれがかなり順位をあげたのである。それに対する不服、不満は、弟子のだれからも出なかった。

源太夫は柏崎数馬と東野才二郎の意見を容れ、年少組を含む全員に、投避稽古をさせることにした。そのためみつは年少組のために、やや小ぶりなお手玉を五十個つくったのである。

そのお手玉で、市蔵と幸司が投避稽古のまねをして遊び始めた。

咬《か》ませ

一

「いよいよだな」

床几《しょうぎ》に腰をおろした岩倉源太夫が、唐丸籠《とうまるかご》を持ちあげる藤村勇太を見ながら語りかけると、下男の権助は静かにうなずいた。

「いよいよでございます」

最初のころはおっかなびっくりで軍鶏《しゃも》を扱っていた弟子の勇太だが、最近ではすっかり慣れたようで動作も板に付いている。源太夫も安心して見ていられた。

それまでは大村圭二郎が受け持っていた役割を、かれを慕《した》う勇太が手伝うようになっていたのである。圭二郎は急激に腕をあげ、自分の稽古《けいこ》を終えると、ほかの若い弟子や年少組の面倒を見ていた。そのため権助の手伝いが、ほとんどできなくなっていたのだ。

正願寺《せいがんじ》の恵海和尚《えかいおしょう》への囲碁《いご》の連絡なども、勇太が進んで引き受けてくれるので、源太夫にすれば大助かりであった。子供のころから大柄だった圭二郎に比べると、勇太は並みの背丈《せたけ》で、口数の少ないおとなしい少年である。

唐丸籠を横に置くと、勇太は一羽の軍鶏を背後からそっと、畳んだ翼を包みこむようにして捕らえ、ゆっくりと持ちあげた。そのように扱うと、軍鶏はいっさい抵抗をしないで、されるがままになる。

「待ちに待ったのだ、このときを」

軍鶏に気を取られていた源太夫は、権助の表情がいつになく沈んでいることに気づかなかった。

「二年だぞ、二年」

「…………」

権助に教えられ、新しい方法を試みると決めてから、すでにそれだけの歳月が流れていた。道場で弟子の教導に追われる日々の連続で、あっというまに時間がすぎるとはいっても、やはり二年は短くはない。道場のある堀江《ほりえ》丁に移ってからは、五年目に入っていた。

母屋《おもや》と道場のあいだの庭に、莚《むしろ》を縦に二枚つないで丸めた、鶏合《とりあ》わせの土俵がしつらえられていた。蹴合《けあ》わせとも言う、闘鶏《とうけい》のためのものである。

土俵の横にまだ名もつけていない若鶏《わかどり》を立たせ、下男の権助が蹲居《そんきょ》していた。老いた下男が翼を両手で押さえているのは、赤褐色の羽根色をした、四月《よつき》の若い軍鶏であった。いわゆる猩々茶《しょうじょう》と呼ぶ、軍鶏ではもっともありふれた羽根色である。

一方、勇太に身をゆだねたほうは、銀笹あるいは白笹とも呼ばれる、白が主で、翼や尾羽根は青味を帯《お》びた緑色をしていた。灰色や褐色もまじっているものの、白と笹の葉色の翼や羽毛が目立つので、そのように呼ばれている。

「ようよう一丁前に扱えるようになったな、勇太も」

源太夫がそう言うと、勇太は少し得意気な表情になった。

ちょっと見ただけではわからないが、勇太が運んできたのは八歳の老鶏である。名は義経《よしつね》。

小柄だが、驚くほど動きがすばやく、常に敵の裏をかいて翻弄《ほんろう》し、技も豊富な一羽であった。もっともそれは若いころの話で、今はどの程度それを維持できているのかは、源太夫にも見当がつかない。

「義経はな、昔は牛若丸《うしわかまる》と呼んでおったのだ」

「そのくらい、子供でも知っております」

からかわれたと思ったのだろう、勇太はふくれっ面になった。

「九郎判官《くろうほうがん》義経ではのうて、勇太の抱いておるその軍鶏だ。小柄だが動きがすばやく、おおきな相手をいいようにあしらったものでな。見せてやりたかったぞ、その闘いぶりを」

源太夫の言葉に、権助は感慨深げにうなずいた。

「そうでした。若鶏のときには牛若丸と呼んでいましたが、成鶏《おとな》になってから名を改めたのでしたね」

「軍鶏で改名したのは、あとにも先にも義経だけだな。つまり、それほどの軍鶏ということだ。苗字帯刀を許してやってもいいくらいで、まさに別格なのだよ」

「いい軍鶏でした」

「でしたではなくて、今でもいい軍鶏だ。だからこそ選んだのではないか」

権助は気を落ち着かせるように、若い軍鶏の背中をゆっくりと撫《な》でていた。

おなじ雌鶏《めんどり》が孵《かえ》した雛《ひな》の中で、いや、ほぼおなじ時期にほかの雌《めす》が産んだ雛に比べても、みずから学び取る能力があることを早くから見せていた若鶏である。うまくいけば第二の牛若丸、そしてゆくゆくは義経にすらなれるのではないかと、源太夫はひそかに期待していた。

敵の攻撃の巧《たく》みさを採《と》り入れて自分の攻めに活《い》かし、失敗は二度と繰り返さなかった。それができる雛は、めったにいるものではない。

すぐれた勝負勘をもった若鶏は、たちまちにして頭角を現す。それをさらに、そして一気に高めんがための手段として、源太夫は権助の提案を受け入れたのである。待ちに待ったそれが試されるときがついに来たが、まちがいなく成果をあげるだろうとかれは確信していた。

期待の若鶏と老練な義経の、初めての鶏合わせがいよいよ始まる。源太夫は胸の高鳴りを覚えずにはいられなかった。

同世代のうちで、義経と張りあえるだけの軍鶏はいない。ただし二年まえまでは、である。そのあふれんばかりの能力をもったかつての猛者《もさ》と闘うことで、有能な若軍鶏は多くのものを学び取るはずであった。

中には当歳から力を見せるものもいるが、普通、軍鶏は二、三歳で力を発揮しはじめ、四、五歳が盛りとなり、それを過ぎると衰《おとろ》えてゆく。若いころは攻撃の速さと勢いを武器とし、歳を取るにつれて技の多様さで補《おぎな》うようになるが、やがてそれも通用しない日がやってくるのだ。

ひとたび衰えの徴候が見えると、あとは坂道を転がり落ちるに似た状態をしめす軍鶏がほとんどであった。自分の攻撃の速度や技が通じなくなったのを感じ、気力が萎《な》えてしまうのだろう。

もちろん、どのような状態に置かれても、軍鶏は常に死力を尽《つ》くして闘おうとする。人がそのように改良し続けた結果、最後まで勝負を投げはしない。

しかし、注意していないとわからないが、闘いの途中でその目に諦《あきら》めにも似た色を宿すことがある。そうなると長くは続けられない。六歳をすぎても第一線で闘える軍鶏は、そう多くはなかった。

義経は六歳までは首位の座を明け渡しはしなかったが、さすがに翳《かげ》りが見え始めていた。それが二年まえである。以後は闘わせることをしないで、ただ飼い続け、そして八歳になっていた。

軍鶏の寿命は十歳から十二歳と言われている。単純に人との比較はできないかもしれないが、人生五十年から六十年とすれば、軍鶏の八歳は人の四十歳から五十歳くらいということになるだろうか。

とすれば義経は、源太夫と同年輩ということになる。ただしかれには刀という武器があるが、義経が頼れるのは自分の肉体だけであった。

何人かの弟子が突っ立ったまま、軍鶏を扱う勇太と権助を黙って見ていた。鶏合わせや味見《あじみ》（稽古試合）があると、見物する弟子がかならず何人かいた。もっとも、その目的はまちまちであるようだ。

源太夫が秘剣「蹴殺し」を思いついたように、鶏合わせから剣に通じるなにかを学び取ろうとしている者がいるかと思うと、闘い自体が好きな者もいる。道場での稽古が苦手で、見学を理由に抜け出す者もいるようだ。

柏崎数馬や東野才二郎もときに顔を見せるが、鶏合わせを見るというよりは、怠《なま》け者を道場に連れ戻すのが目的らしく、ほどほどで引きあげることが多い。もっとも源太夫は、これぞという鶏合わせに関しては二人に見せるようにしていた。数馬と才二郎も師匠の意図を汲《く》み取って、そのようなおりには真剣に観戦したのである。

早くから権助について軍鶏の世話をし、鶏合わせの手伝いをした大村圭二郎は、弟子たちに強制的に見せるべきだと主張したが、源太夫は笑って聞き流した。自分でなにかを感じていなければ、むり強《じ》いしても決して身に付きはしないからである。

見物人の中に、その圭二郎の姿はなかった。義経と若鶏の最初の闘いだということは、勇太から聞いているはずなのに観戦しないのは珍しい。

「圭二郎の姿が見えんな」

源太夫に訊《き》かれた勇太は、どことなく辛そうな顔になった。

「おそらく河原か、秋葉山だと思います」

稽古を終えた圭二郎と勇太は、八ツ（午後二時）過ぎから夕刻まで姿を消すことがある。道場仲間には知られたくない稽古を秘かにおこなっているのだろうと、源太夫は見当をつけていた。ところが腰巾着のようにいつも付きまとっている勇太を連れずに出かけたとなると、勇太にさえ知られたくない独自の工夫を凝らしているのかもしれなかった。

いやいや、道場で五席にまで腕はあげているとは言っても、十五歳の若者なのである。たまには独《ひと》りになりたいこともあるのだろう。それとも若軍鶏が成鶏に初めて挑む鶏合わせでは、得られるものなど高がしれていると判断したのかもしれない。

勇太は権助とは反対側の土俵の横に、老鶏をそっと立たせた。莚の土俵にさえぎられて、二羽は相手を見ることができない。もしも見えたなら、その瞬間に人を振りほどいて、敵手《あいて》に突っかかろうとするのである。闘う直前まで、互いを見せないようにしなければならなかった。

外からはわからないが、義経はしばらく闘っていないため、皮の下に脂《あぶら》の層ができているはずである。

――かつての俊敏《しゅんびん》さを、そして持続力をどこまで出せるだろうか。

このあと、ほかの若鶏を鍛錬するためにも、源太夫は義経の闘いぶりをじっくりと見ておきたかった。

「霧を吹きましょうか」

権助が訊いた。

汗をかかないため、軍鶏は体温調節ができない。それゆえ、闘わせるまえに頸《くび》から上に霧を吹きかけ、口を開けて咽喉《のど》に水を流しこみ、体をあらかじめ冷やしておく。闘いが長引くと軍鶏たちは口をおおきく開けて、荒い息をする時間が次第《しだい》に長くなる。それを防ぐ、いや、少しでも先送りするためであった。

その日の試合は、蹴合わせの時間が通常よりも短いと予測されるため、霧を吹かなくても口を開けて喘《あえ》ぐまでには至らないだろうと、権助は言っているのである。

「普段どおりでよい。本当の鶏合わせがどういうものかを若鶏に教えるためにも、いつものようにせねばならん」

うなずくと、権助はいくぶん心配そうに勇太を見た。それが不服らしく、若い弟子は胸を張った。

「だいじょうぶだ、権助。ずいぶん練習をしたからな」

「やらせてやれ」源太夫は権助に言った。「若鶏も稽古、勇太も稽古。やっておるうちに、腕はおのずからあがるものだ」

圭二郎が権助の手伝いをするようになったのは十一歳の初秋からであったが、そのころの圭二郎に十四歳の勇太はとても及ばない。素直でまじめなだけが取り柄《とえ》で、言われたことはきちんとやるのだが、それ以上の気がまわらないのである。

練餌《ねりえ》をつくるためには、大鉢に糠《ぬか》と細かに刻んだ大根の葉などを入れ、水を加えて練る。鶏ならそれで十分だが、いい軍鶏を育てるにはそれだけでは不十分であった。丈夫な骨をつくるには牡蠣《かき》や蜆《しじみ》の貝殻を砕いたものを、柔軟で長時間闘える筋肉とするには、紋白蝶《もんしろちょう》の幼虫やぶつ切りにした泥鰌《どじょう》を混ぜる必要があった。

権助が大根の葉を手に畑からもどると、圭二郎は俎板《まないた》と菜刀《ながたん》を用意しているし、鉢に糠を入れ始めれば、桶に水を汲んでくる。一事が万事でそつがないが、勇太には圭二郎のように先を読むことができなかった。

さて、霧吹きである。

二人は片手で軍鶏を押さえたまま、土瓶の水を含むと、口を尖《とが》らせて勢いよく霧を吹き付けた。さすがに権助の霧は微細かつ均質であったが、勇太にはむらがあり、お世辞にも上手とは言えなかった。

権助の若鶏はわけがわからずにきょとんとしているが、義経はそれまでの経験から、闘いが、それも久し振りの試合が迫ったのを知ったのだろう、胸を張って頸を真《ま》っ直《す》ぐに伸ばした。一瞬、頸の蓑毛《みのげ》がふわりと持ちあがり、ゆっくりともとにもどった。臨戦態勢が整ったのである。

——少し早すぎたかもしれんが、権助が判断をくだしたのだから、問題はなかろう。

若さと老練さの対決である。途中までは老鶏の技が若鶏を翻弄《ほんろう》し、ある時点でそれを逆転して、若鶏はひとまわりもふたまわりもおおきくなるのだ。そうでなくてはならない。でなければ、義経を若鶏にぶつける意味がないのである。

何度か水を口に含んで霧を吹き付けると、権助と勇太は軍鶏の顔を仰向けさせた。続いて親指と人差し指で嘴《くちばし》の付け根を強く挟みつけ、口をむりに開けさせると、土瓶の水を注ぎこんだ。

若鶏は咽喉の奥でゴボゴボと音をさせ、頸をおおきく振って逃れようとする。ところが義経は、泰然自若《たいぜんじじゃく》としていた。

若鶏が落ち着くのを待ってから、権助と勇太は土俵を挟んで向きあい、両手で翼を包みこむと立ちあがった。

そこで初めて二羽は、自分が闘う相手を見たのである。その瞬間、体中に緊張が走り、爪をおおきく開き、目が別の生き物かと思うほど鋭くなった。

土俵のまわりに立って見守る弟子たちの表情も、一瞬にして緊張した。

闘志を剝《む》き出しにした義経と若鶏を、勇太と権助はけしかけ、体が触れあうほど何度も突きあわせた。頸の蓑毛が興奮のためにふわりと持ちあがった。

敵手に飛びかかろうとして身悶《みもだ》えし、振りほどこうとする軍鶏を二人はさらに突きあわせた。そして双方に気合が充《み》ちたのをたしかめ、目顔で合図して、そっと地面に軍鶏をおろした。

二人が手を離すと同時に、二羽の軍鶏は地面を蹴って相手に跳びかかった。硬い嘴のある頭と、爪を一杯に開いた脚を前方に突き出して攻撃するので、横から見るとひらがなの「く」の字のように見えた。

二

若鶏からいかにして能力を引き出し、名鶏に仕上げてゆくかということは、同時に、能力のない軍鶏にどこで見切りをつけるか、ということでもあった。それまでのやりかたが悪いというわけではないが、鍛錬を続けながら、もっと良い方法があるのではないかと、源太夫は常にその思いにとらわれ続けていたのである。

組屋敷に息子の修一郎《しゅういちろう》や嫁の布佐《ふさ》といっしょに住んでいたころは、絶えず組みあわせを変えながら若鶏に味見をさせることで、個々の能力や性質を見極めるようにしていた。そして個性のちがった雛たちを闘わせ、その実戦の繰り返しで鍛えていったのである。

軍鶏は犬のような方法で反復練習をさせることはできないし、人の意に従おうとはしない。また、闘う相手は同類の軍鶏のみなので、人が模擬的な敵となって攻撃や守備を教えることはできなかった。

孵化《ふか》すればほどなく、雄の雛は兄弟同士で突《つつ》きあい、蹴りあうようになる。まだ嘴がやわらかく黄色いうちから、闘うのが軍鶏である。もっとも雛のあいだは、犬や猫の仔がじゃれあうようなものなのかもしれないが、いつまでも好きにさせてはならなかった。

餌を啄《つい》ばんだり、水を飲んだりしながら、気が向けば蹴りあうような、好き勝手なやりかたを続けさせると、集中力も持続力も身に付かなくなるからだ。

雛は兄弟と戯《たわむ》れつつ、次第に体を作ってゆく。人の子がさまざまな遊びをしながら、ごく自然に世の決まりごとを身に付け、同時に筋肉や敏捷《びんしよう》さ、そして耐える力を養うように、である。

軍鶏の場合、長く闘える体力や粘《ねば》り強さを身に付ける必要があるが、同時に集中力と瞬発力を高めねばならなかった。それを兼《か》ね備えていなければ名鶏にはなれないため、両方の訓練を並行して進めるのだ。

そのため、孵化して十日か半月もすれば、雄の雛は個別の仕切りに移して隔離する。いっしょにさせる時間は、制限しなければならない。

雌の雛にも好戦的なのがいるが、こちらは何羽かをおなじ囲いに入れても、特に問題はなかった。

そして味見だが、雛のあいだは土俵は要《い》らない。庭の片隅で十分であった。短い時間でなるべく組みあわせを変えて闘わせ、個々の性格や持ち味を見るだけだからである。

粘り強いか、多彩な技を持っているか、それとも単調な攻めしかできないか、などが次第にわかってくる。だから伸ばすところは伸ばし、矯正すべきところは直していくのである。

「梅檀《せんだん》は双葉より芳《かんば》し」との言葉があるが、名鶏となる雛は早くからその片鱗《へんりん》を見せる。九割、いやほぼ十割がそうであった。

ごくまれに例外がいた。兄弟や、ほぼおなじ時期に生まれた仲間を圧倒して、これはどえらい軍鶏になるかもしれんと期待を抱かせるのだが、それはごく短い期間しか続かない。いつの間にか同期の雛に追いつかれ、追い越されているのである。単に早熟だっただけなのだ。

逆に凡庸《ぼんよう》で、見こみがないと見ていたら、経験を積むにつれて強くなり、いつの間にか同期の頂点に立っていて驚かされる若軍鶏もいた。

だが重要なのは、若鶏同士の稽古ではなかった。

「問題は、どの時点で成鶏と闘わせればいいかということだが」

権助にそう言ったことがある。

「それが一番、難しゅうございます」と下男は答えた。「それぞれ、みんなちがいますからな。暦《こよみ》を見て決められるなら、なんの悩みもありはしませんが」

「うまいことを言う」

「生まれて七月《ななつき》になれば、番《つが》わせて卵を産ませてもよいのですから、成鶏になったということでしょうが、見た目はそうでも本当の体はできてはおりません」

「いい軍鶏に育てるためには、なるべく成鶏と闘わせて、早いうちから多くの技を覚えさせるのがいいのだが」

「敵手に子供扱いされて、だめになるのもおりますので」

つまり徹底的に痛みつけられて萎縮《いしゅく》し、自信を喪失してしまうのである。であれば、それだけの器でしかないのであろうと割り切ればいいが、ことはそれほど単純ではない。

同期が相手では向かうところ敵なしだったのが、自分の技は通じないのに、敵手にはいいようにあしらわれるのだ。これは若鶏にとって、相当に堪《こた》えるのである。

孵化して四月から半年くらいのあいだに、その雛にちょうどいいと思われる成鶏と闘わせる。力の差がありすぎてはだめなので、同等か、できれば少し力量的に上の相手を掛けあわせるのが理想であった。

もっと効率よく鍛える方法がないかと源太夫が強く意識し始めたのは、五年前に堀江丁に移ることが決まったころからである。

新しい住居と道場が仕上がっていくにつれて、源太夫は思いがさらに強まるのを感じていた。その広さと明るさを見たとき、胸が弾《はず》むのを覚えずにはいられなかったのだ。

母屋に道場が併設されることもあるが、新しい敷地はそれまでの組屋敷に比べると五倍は広い。しかも左右が空き地であり、南面は濠《ほり》に接してさえぎるものがないこともあって、開放的で明るかった。さらに北面は調練の広場で、その向こうは濠、そして高禄《こうろく》の藩士たちの屋敷が連《つら》なり、大濠があって、西の丸、三の丸、二の丸、本丸と続き、白亜の天守閣が聳《そび》えているのである。

組屋敷にいるあいだは、源太夫には常に窮屈《きゅうくつ》な思いがつきまとっていた。家族が食するくらいの野菜を植えられる庭があるが、その一画で軍鶏を飼い、その鍛錬もしなければならなかったからだ。

鶏糞は権助がこまめに掃除していたので、天気であればそれほどではないが、雨が続くと鼻に粘り付くような独特の悪臭を放つようになる。さらにはまだ暗いうちから、一番鶏、二番鶏、三番鶏と、間隔を置いて刻《とき》を告げるのである。

隣人たちは口にこそ出さないが、辟易《へきえき》している者もいたにちがいない。ただおなじような禄を食《は》む身ではあるし、源太夫が剣術遣いということもあるので、文句を言いたくても言えないのかもしれなかった。

――ここでなら、なにをやろうと、たいていのことなら周りに迷惑をかけることはないであろう。

次第にできあがっていく屋敷と道場を目にしているうちに、源太夫は広い敷地に移るのを契機に、ぜひともやってみたくなった。

「若鶏の鍛えかたを、変えられぬものだろうか」

呟《つぶや》いたとき、そこに権助がいた。

「どういうことでございましょう、大旦那さま」

「成鶏とはなるべく早く蹴合わせたほうがいいが、へたをすると、花が咲くまえに蕾《つぼみ》を摘《つ》んでしまうことにもなりかねん」

「つまり、自信も技も同時につけさせたい、それもできるだけ早く、ということでございますね」

「虫がよすぎるか」

「………」

権助は視線を泳がせると、それきり口を噤《つぐ》んでしまった。

三

二年前に権助に話しかけられたとき、源太夫は下男がなにを言おうとしているのか、一瞬わからなかったのである。

「ないこともないですが」

「……なんのことだ」

「若鶏を」

「若鶏がどうした」

「どのようにすれば鍛えられるか、でございますよ」

そこで切って、権助はじっと源太夫《た》の目を覗きこむように見た。わからなくて当然だろう。呟いてから、随分《ずいぶん》と年月が経っていた。長い時間考えてから、ようやく源太夫は思い至った。

「あ、ああ、そのことか」

「お忘れでしたか」

「忘れるわけがなかろう」

「それをお聞きして、安心いたしました」

「皮肉を申すではない」

「咬《か》ませ、という方法があります」

「……？」

「咬ませ犬とも言うことからおわかりでしょうが、もともとは闘犬、つまり犬で用いる手です。しかし、犬も軍鶏もおなじ生き物ですから、使えぬことはないと思いまして」

どの世界でも世代交代が常に課題となるが、闘犬に関してもおなじであるらしい。

若犬は闘い方や技を着実に身に付け、機が熟せば自分よりも上の世代に挑んで打ち負かし、さらに力をつけて、やがて頂点に立つものも現れる。すると今度は挑まれる立場となるのだ。

次々と挑戦者たちを退けて君臨するが、どのような強者であろうと、いつまでも王座を守り続けられるわけではない。やがては若い世代に、地位を譲らねばならない日がくる。

「これぞという見こみのある若犬から、生まれ持っていながら、まだ表に現れていない力を引き出し、技を教え、自信を持たせる。それが咬ませの役です。……ですが、並みの犬には務まりません」

それを引き受けられるのは、飛び抜けた名犬だけだと権助は言った。いや、かつての名犬に限られていたのである。

「長年、大関を張ったような犬だけが、いい咬ませになることができるのです」

のちになって、別格の大関にのみ横綱の称号が与えられ、さらにそれが地位にもなるが、それまでは相撲の最高位は大関であった。大関を張れる犬は、心、体、技、そのいずれもで、群を抜いていなければならないのである。

力をつけてきた若犬や能力を秘めた新進に、かつての王者でありながら、盛りをすぎて衰えの見え始めた、あるいは若犬によっては、相当に力の衰えた咬ませを当てるのだ。

勢いこんで挑みかかった若犬は、老練の咬ませに翻弄される。攻撃をしかける速度がちがえば、攻撃を躱すすばやさもちがう。ねらいはことごとく空振りに終わり、それまでのおなじ世代を相手にするのとはちがうことを覚《さと》って、戸惑い始めたころを待っていたかのように、相手の攻撃が開始されるのである。

咬ませは技を豊富に持っているので、一つの攻撃をしのいでも若犬は安心できない。たちまちにして新手《あらて》の攻めが繰り出されるのだ。それを躱すと、別のさらなる技が隠されていて、まさに息つく暇もない。

体と体がぶつかりあっても、咬ませの筋肉はまるで木の瘤《こぶ》のように盛りあがり、若犬は跳ね飛ばされてしまう。突進すると相手の姿は消え、気がついたときには側面に体当たりを喰らい、均衡《きんこう》を崩して倒されるのだ。すかさず敵手がのしかかってくる。咽喉をねらわれると思って反射的に守ると、脛《すね》に相手の牙が喰いこんでいるという調子だ。

まさに子供扱いされるのである。それでも若犬が体力にまかせて果敢《かかん》に攻めを繰り出し、咬ませの攻めに耐え抜くことができれば、ある時点で反撃に移ることができる。老犬である咬ませは体力が続かなくなるのに、若犬は疲れにくいだけでなく回復も早いからだ。

長い時間、相手の限界近くまで攻め続けられること、それが咬ませの役目であった。そして逆転され、若犬に咬まれて、相手に自信を持たせるのである。

比較的早い時間で逆転されるようでは、咬ませは務まらない。若犬に自信をもたせることはできても、それだけである。内なる能力を引き出したり、多彩きわまりない技を教えたりすることができないからだ。

優れた咬ませを持っていると、若犬に自信をつけさせるため、借り手が引きも切らぬそうである。もちろん、ただで貸すわけではないので、飼い主はいい稼《かせ》ぎになるとのことであった。

耐え抜くことができた若犬は、若さを武器に反撃し、挽回することができる。逆転して相手を打ち負かすことで、若犬は自信を持つのである。しかも、いつのまにか多彩な技が身に付いているのだ。

だから、どの犬でも咬ませになれるわけではない。齢を取っただけでは、いい咬ませになれないのである。

「咬ませ、か」

権助の講釈を聞き終えた源太夫は、しばし思案し、それから続けた。

「試してみる値打ちはありそうだな」

「……………」

なにか言いたそうに口を開きかけたが、結局なにも言わずに権助は口を噤んだ。

「たしかに、犬も軍鶏もおなじ生き物である。とすれば使えぬ手ではあるまい。いや、存外よいかもしれん」

源太夫はまたしても物思いに沈んだが、しばらくして決然と顔をあげた。

「よし、やろう。ところで、咬ませにふさわしい軍鶏はおるか」

「咬ませにしようと育てているわけでは、ありませんので」

「それはそうだが、技があって盛りがすぎたのであれば、咬ませの役は務まるのではないのか」

権助はちいさく、何度も首を振った。いつになく憂鬱《ゆううつ》そうであった。

たしかに咬ませにするために飼っている軍鶏はいないとしても、その役を務められるのはいるはずである。源太夫は一羽一羽を思い浮かべていたが、やがて呟いた。

「義経はどうだ。おまえの言った咬ませの資質を、ことごとく備えておるぞ」

権助は源太夫を一瞥《いちべつ》してから、目をそらした。

「咬ませの話を持ち出したからには、権助も、おなじような方法で若鶏を鍛えることができると考えたのであろう」

全盛期の義経は短い時間で相手を圧倒して寄せ付けなかったので、ほとんど翼や羽毛を損《そこ》なうことはなかった。源太夫の軍鶏の師匠である大身旗本の、先代秋山勢右衛《あきやませいえ》門《もん》が残した名言、「強い軍鶏は美しく、美しい軍鶏は強い」をまさに具現したような名鶏であった。

しかし生き物には盛りがある。敵手をやりこめるのに、次第に手間取るようになるのだ。敏捷さや技で圧倒できないため、おなじような力量の軍鶏であっても、それまでのような短時間では、負かすことができなくなるのである。

蹴り蹴られ、突き突かれするうちに、それが姿に現れてしまう。羽毛が抜け落ちるのであった。どの鳥もそうだが、軍鶏の羽毛もすぐには生え換わらない。

まず損なうのは頸筋の蓑毛であった。幅がせまくて長い蓑毛は、敵の嘴や爪でもっとも早く痛めつけられ、折れたりちぎれたりし、そして抜け落ちてしまう。頸に続いて胸前《むなまえ》、さらに下腹の羽毛が抜け落ちてゆく。

そのため夏の終わりには、頸や胸前、そして下腹の羽毛が抜けて、皮膚が剝き出しになった軍鶏がほとんどとなる。金属光沢《こうたく》のある蓑毛や、艶《つや》のある羽毛におおわれた軍鶏は美麗だが、粟粒立った皮膚、いわゆる鳥肌が剝き出しになった軍鶏は、哀れであると同時に滑稽《こっけい》ですらあった。

秋になると換羽が始まり、二、三ヶ月で生え換わる。そのころには、闘いの激しさで折れた翼などは抜き取ってやらねばならない。そうしないと、新しいのが生えてこないのである。

新しい羽毛や翼が生えそろうまでの換羽期は、鶏合わせは休みとなるし、そのあいだは番わせない。羽根に取られるため卵に栄養がまわらず、軟弱な雛しか生まれないからだ。

齢を取り、闘う時間が長くなるにつれて、義経も羽毛が抜け落ちるようになった。それでも、持って生まれた能力の高さで勝負には勝ち続けていたのである。

「義経にやらせてみよう。用意してくれ」

「いえ、なりません」

間髪《かんはつ》を容《い》れぬ下男の言葉が、源太夫には意外であった。思わず顔を見る。

「なぜだ。技はあるが、盛りはすぎておる。権助の言う咬ませとして、あれほどふさわしい軍鶏はおるまい」

「たしかに盛りはすぎておりますが、今の義経に若鶏を当てますと、ことごとく壊されてしまいます。痛めつけられるくらいではすみません。まちがいなく壊されるでしよう」

「むりだと申すのか」

「力に差がありすぎますから」

「若鶏にも強いのがおろう」

権助は首を振った。

「強いと申しても年少組でございますよ、大旦那さま」

岩倉道場では十歳前後、六、七歳から十二歳くらいまでの弟子は別扱いして、初歩的なことや基本を重点的に教えこむ。それが年少組であった。

中には十歳になるやならずで、上の級に進む者もいないではないが、いくら強い若鶏であっても、その程度の力でしかないと権助は言っているのである。

それっきり、主従は黙りこんでしまった。どことなく気まずく、重苦しかった。

先に口を切ったのは下男である。

「どうしても義経に咬ませをやらせたいとのお考えでしたら、咬ませとしてふさわしくなるまでお待ちください」

「どのくらい待たねばならんのだ」

「さて、どうでしょう。義経は並みの軍鶏とはちがいますで」

ということで、明確な答えは出さぬまま、咬ませの件は一応、落ちついたのである。

咬ませにすると決めると、権助は義経の鶏合わせをいっさいやめてしまった。蹴合わせる相手との兼ねあいもあるが、それまでは二、三ヶ月に一、二度くらいの割で闘わせていたのである。

三月《みつき》がすぎて源太夫はそれに気づいたのだが、そのことを訊くと権助は、

「大旦那さまは、なるべく早く義経を咬ませにしたいのでございましょう」

「だからこそ申すのだ。鶏合わせを頻繁《ひんぱん》にやらせたほうが衰えが早くきて、それだけ短期で咬ませにできるのではないのか」

「鍛練を続けるのとおなじで、筋の力も衰えなければ、勝負勘も鈍《にぶ》りません。よろしいですか、大旦那さま。たしかに峠《とうげ》は越えたかもしれませんが、まだまだ義経は、もっと並みの軍鶏なら相手にならないのですよ。若鶏の相手をさせられるまでには、もっともっと、力を落とさねばならんのです」

権助にそこまで言われると従うしかないが、源太夫としては決めた以上はなるべく早く試してみたくてならない。そのため、何ヶ月かに一度はそれとなく訊くのだが、下男の答えは判で捺《お》したように決まっていた。

「まだまだでございます」

その繰り返しで、とうとう二年の月日が流れてしまったのだ。若鶏の鍛え方を変えられないものかと、最初に思ったのは組屋敷時代だから、あれから数えれば五年以上の歳月が流れたことになる。

その間に、なんと多くのできごとがあったことだろう。堀江丁の屋敷に移ると同時に、後妻のみつを娶《めと》り、道場を開いた。ところが妻と上役の不義の場に乗りこんで二人を殺害した立川彦蔵《たちかわひこぞう》を、上意討ちする破目になった。

それからの四、五年というものは、道場の仕事ということもあるのだろうが、御蔵番時代の平穏《へいおん》さには比べられぬほどあわただしかった。ともかく堀江丁に移り、五年近くが、権助に咬ませのことを教えられてからでも、二年の歳月が流れたのである。

そしてついに、義経の咬ませとしての第一戦の火蓋《ひぶた》が切って落とされたのだ。源太夫は思わず腰を浮かせたが、その目のまえで、老若二羽の軍鶏は地面を蹴って跳びあがったのである。

四

軍鶏の爪には二種類がある。指の先と、それから一寸（約三センチ）ほど上の、脚の内側についた蹴爪《けづめ》で、もっとも攻撃力、破壊力のあるのは蹴爪であった。

軍鶏はその蹴爪の効力を活かせるように攻めるのだが、力によほどの差がないかぎり、初めての相手に対して初手《しょて》から全力で攻めることはしない。牽制《けんせい》しつつ、相手の力量を見極めようとしての、総力ではなく七割前後の攻めで、どの程度の反応を示すかを見るのであった。

そこで、相手に弱点があれば嵩《かさ》にかかって攻めかかるが、逆の場合には攻め方を変えねばならない。軍鶏たちは、ただがむしゃらに闘うわけではなかった。

攻めるのは若鶏で、義経はそれを余裕をもって受けていた。相手の若さにまかせた圧倒的な攻めを、さり気なく躱してしまう。すばやく、むだのない動きで、自分は体力を使わないで、相手には目一杯攻めさせ、疲れさせようとするのである。

若鶏の目にとまどいが見られたのは、それまで闘った相手とはものがちがうと感じたからだろう。だが、さすがに並みの軍鶏ではない。攻め方を変え、右に動くと見せて逆を突いたり、跳びあがる気配を見せて突進したりと、敵手の裏をかく戦法に切り替えたのである。

しかし義経は、そのような小手先のごまかしが通ずる相手ではなかった。若鶏の攻めを軽くいなすと、一度おおきく伸びをしたのだ。若鶏が警戒して動きをとめると、義経はゆっくりと円を描いて歩き始めた。

軍鶏が敵に体側を見せることなどはあり得ないし、源太夫も見たことがない。義経は若鶏の力量がわかったので、からかい、挑発しているのである。しかしその手には乗らず、若鶏もおなじように円を描いて歩き始めたではないか。

――やはりこいつは、ただの若軍鶏ではなかった。

一瞬、源太夫が権助を見、権助も源太夫を見たが、すぐに土俵に目を移した。

二羽の軍鶏は莚の近くを、つまり敵手から一番遠い距離を、ゆっくりと二周した。これまた鶏合わせではまず、いや絶対に見られない光景である。

そして突然、闘いは再開したのだが、そこからが本当の、死力をつくしての激突であった。あまりの凄まじさに、土俵を取り囲んだ男たちは声もなく、ただ見守るだけである。

さすがに義経であり、選ばれた若鶏だけのことはあった。特に若鶏は、ここでも義経の攻めや守りを、すぐさま自分の戦法に採り入れる器用さを見せた。簡単に倒せると舐《な》めていたら、予想以上に粘り強く、しかも自分の戦法をすばやく採り入れるのである。これは義経には相当に意外であっただろう。

四半刻（約三十分）もすると、老鶏にあせりが出始めた。義経は長い期間、闘うことなく運動らしい運動もしていない。権助が唐丸籠を持ちあげて移動させるくらいでは、筋は衰えているはずであった。

もはや義経に余裕はなく、あらゆる技を繰り出して攻め、そして防戦した。だが、若鶏に圧倒されはじめたのは明らかである。そうなると若鶏は、嵩にかかって攻めたてる。義経の表情に、こんなはずではないとの困惑の色が浮きあがった。

義経が劣勢に立つようになったころから、源太夫は次第に気が重くなるのを感じていた。どうなるかはわかっていたのに、いざ義経が攻め立てられると、耐えられなくなったのだ。

そして権助が乗り気でなかったのは、源太夫がそのように感じることを、予想していたためだとわかったのである。

「そこまで」

源太夫の言葉に、すかさず権助が首を振った。

「それでは咬ませの役をまっとうできません」

「わかっておる。だが、もう十分だ」

「ですが」

「いいからわけろ」

「……はあ」

権助は勇太に目顔で合図し、二人はそれぞれの軍鶏を、背後から両手で包みこむように取り押さえた。かれらが持ちあげると、軍鶏は頸を振り、翼全体でもがき、脚を何度も激しく蹴ろうとした。

源太夫は黙ってその場を去った。

——義経にすまぬ。申しわけないことをしてしまった。わしはなんと鈍い男であることよ。

悔いのためもあって、源太夫の眠りは浅かった。しらじらと夜が明けてゆくのを、天井を見あげたまま横臥《おうが》していたが、明け六ツ（六時）の鐘を、三つまで聞かずに起き出した。

どうしても、やらねばならぬことがあったからである。

庭下駄を突っかけて外に出ると、思いもかけず権助がいた。いたばかりではない。盥《たらい》には微温湯《ぬるま》が満たされ、その横には水を入れた手桶《ておけ》が置かれていた。さらに火の熾《お》きた七輪の上では、鉄瓶が湯気を吹きあげていたのである。

気配に気づいた権助は、ちらりと源太夫を見ると、ちいさくお辞儀をした。源太夫もうなずき返したが、思わず顔を赤らめてしまった。

すでに義経は鶏小舎から出されて、唐丸籠に入れられていた。そちらに向かう権助に顔を見られなくて助かったと思ったが、あるいは下男は、わかっていて気を利《き》かせたのかもしれなかった。

——権助、おまえはなんとすごいやつであることよ。今回はわしの完敗であるな。

源太夫が寝ていられなかったのは、久方振りの鶏合わせで疲れ切った筋肉を、微温湯で念入りに揉《も》みほぐしてやりたかったからである。ところが権助はあるじの気持を察して、源太夫が下男に頼みごとをしなくてもすむように、万端を整えて待っていたのだ。

盥の横、いつもの場所には源太夫用の床几が置かれていた。かれが腰をおろしたところに、権助が義経を抱きかかえてやって来た。

下男は源太夫のすぐ横の地面に、義経を静かに立たせた。盥の中に直接立たせなかったのは、そのまえに源太夫に傷を確認させたかったからにちがいない。

普通なら、闘いを終えた軍鶏の小舎には莚をかけて暗くしてやる。軍鶏は身動きもせずに、ひたすら体力の回復を待つのであった。怪我した箇所から出た血は、固まって黒くなり、数日するとそれがポロリと剝《は》がれ落ちるが、そのときにはたいていの傷はふさがっていた。

だが源太夫は、義経がそうなるまで待てなかったのである。

義経の傷口から出た血はすでに黒く凝固していたが、洗えば再び出血するおそれがあった。源太夫は念入りに調べた。さすがに闘い慣れた義経は、胸から下には深傷《ふかで》を負ってはいない。傷は無数にあったが、どれもがかすり傷であった。この程度の傷なら、湯で洗ったり念入りに揉みほぐしたりしても、出血のおそれはないだろう。

頸に少し深い傷が、頭、顔、鶏冠《とさか》にはかなりの数の、それも深い傷があった。特に鶏冠は、その赤い色が見えぬくらい、血が黒く固まっていた。軍鶏たちは、攻撃してもっとも効果のある頸から上、特に頭と顔をねらうからである。

改めて念入りに全身を検分すると、源太夫は権助にうなずいてから、義経の体を抱きあげてそっと盥の中央に立たせた。湯温は丁度よい加減である。権助に抜かりのあろうはずがないのだ。

源太夫は普段よりもていねいに、念入りに世話をした。まず羽根や肌の表面についた汚れを、そして血を洗い流してやった。

羽毛の襞《ひだ》に沁《し》みこんで固まった血は、簡単には落ちないので、念入りに繰り返して洗い流す必要があった。激しい闘いで飛び散った若鶏の血であり、義経自身の血であり、それが混ざった血である。

全身の汚れを落としたときには、盥の湯は薄い桃色に茶色が混じったような、汚れた色に変わっていた。

権助は湯に手を入れると、鉄瓶の湯を盥の端のほうに足《た》し始めた。そうしながら下男は、盥の湯を満遍なくかき混ぜて均《なら》し、それから源太夫にちいさくうなずいてみせた。

いつもより念入りに、源太夫は義経の筋肉を揉みほぐしていった。さすがに義経である。それは予想していたよりもはるかにやわらかく、これならまだまだ闘えたはずである。

——引き離されて、さぞや無念だったことだろう。

そんな気がしてならなかった。二年振りの鶏合わせだったのに、決着がつかぬまま引き離されたのである。義経はもっともっと、納得のゆくまで闘いたかったのではなかっただろうか。

あるいは長期間にわたって闘うことがなかったために、思ったように動けぬ体がもどかしかったかもしれない。本来の自分らしい闘いができず、思ったよりも早く反撃され、圧倒され始めたときに引き離されたのである。不本意であったことだろう。屈辱《くつじょく》を感じたことだろう。

——許せ、義経。わしを許してくれ。おまえがどのような思いを抱くかなどということを、若鶏に反撃されるまで気づきもしなかったのだ。

心の裡《うち》で繰り返し詫《わ》びながら、源太夫は義経の筋肉を揉みほぐし、心をこめて撫で続けた。

納得するまで揉んでやると、源太夫は手当てを終えた義経を、背後から翼を包みこむようにして抱きかかえ、盥から出して地面に立たせた。続いて翼や羽毛の上に両手の掌《てのひら》をあてがうと、上から下へと強く押して水気を切った。最初は水滴が落ちたが、何度か繰り返すと水は出なくなった。

すかさず権助が乾いた手拭《てぬぐ》いを差し出したので、ていねいに拭《ふ》いてやり、拭き終わって源太夫が離れると、権助が唐丸籠を上から被せた。下男が籠を少し持ちあげると、義経は胸を張ってゆっくりと歩き始めた。

悠揚《ゆうよう》迫らざる歩様《ほよう》である。それを見ていると、毎度のことだが、軍鶏があるじで権助がその召使のように思えてならない。源太夫の顔は庭におりたときに比べると明るくなり、その日初めて微笑した。

源太夫は庭に出てから半刻（約一時間）あまりも、下男とひと言も言葉を交《か》わすことなく、心の蟠《わだかま》りを解《ほぐ》すことができたのであった。

五

唐丸籠を柿の樹葉の下におろし、その上に重石《おもし》を置くと、下男は引き返して来た。そしてその朝、初めて口を利いた。

「若いほうは、傷がふさがってからにいたしましょう」

義経とおなじように扱えば、深い傷があるために、ふたたび出血してしまうということだろう。権助は若鶏の傷のぐあいも、すでに調べていたらしい。

「相わかった。それから義経だが、死ぬまで面倒を見てやろうと思う」

「……？」

「わしが考えなしで、辛い思いをさせてしまったからな。せめてもの罪滅ぼしだ」

「………」

「いかがいたした」

「つまり咬ませとしてではなく、ということでございますか」

「そうだ。のんびりと、余生を送らせたいのだ」

「それは、ちと、酷《こく》ではありませぬか」

「……酷だと？　どういうことだ」

「義経は軍鶏でございます」

「わかりきったことを申すな」

「軍鶏から闘いを奪ってしまっては、飼い殺しでしかありません」

「かつての覇者を、若鶏の稽古台になどさせられんではないか。権助も義経に、咬ませなどさせたくなかったのであろう」

「はい。ですが一度とは申せ、咬ませとして闘わせたのです。義経から、闘いを奪ってはなりません」

「異なことを言う」

「よろしいですか、大旦那さま。二年間、ただ、なにもさせずに飼っていたのでございますよ。二年と申せば、義経にとっては生涯の三分の一にあたる長い年月です」

「あいつは今年で八歳だ」

「最初の二年は雛から若鶏にかけてですから、一人前の軍鶏になってからは六年。とすれば三分の一となります」

「それは」

言いかけた源太夫を、珍しく下男がさえぎった。

「お聞きください。二年間ほったらかしにされて、久し振りにと申しますか、軍鶏であることを忘れねばならぬほどの、気の遠くなるような間を置いて、まさに久方ぶりに闘いの土俵に立たされたのでございますよ。義経の身になって、あいつの料簡《りようけん》になって考えてやってください。軍鶏としての血が、全身の血が沸《わ》き返ったことでしょう。つまり、軍鶏としての誇り、生き甲斐《がい》がよみがえったはずです」

「……！」

「それを、勝負がつかぬままに中断させられたのです。あのあとは、やらせばやらせるだけ追い詰められ、みじめさを味わわねばならぬだろうと思うのは、わたしども人間ではないでしょうか。義経自身は十分にひっくり返せるはずだ、必殺技をまだいくつも使わずにいるのだから、と考えていたかもしれません。ところがそこで中断させられてしまいました。二階にあがったら梯子《はしご》を外された、というよりもひどいありさまでです。しかも、そこで再びほったらかしにされるのです。そして、死ぬまでそのままにされるのですよ」

「……………」

「権助めが義経でしたら、たとえ咬ませであろうと、若鶏の稽古台であろうと、闘えるあいだは、闘い続けたいです」

忠実な下男は、源太夫の顔を見ることなく、それだけ喋ると片付けを始めた。まず七輪の熾《おき》を火消壺に入れて蓋をすると、盥の湯を庭に空けた。

義経に対して申しわけなく思ったばかりなのに、今度は下男に対して自分が恥ずかしくなった。源太夫はおおきな溜息をついた。

権助がいかに軍鶏を愛《いつく》しんでいるかを思い知らされたのは、組屋敷から道場のある今の堀江丁に移ったときのことであった。軍鶏の雄雌、若鶏、雛、そして小舎や給餌《きゅうじ》のための道具、唐丸籠などはすべて権助が一人で運んだ。

そのおり源太夫は組屋敷の、スダチの樹の根もとに近い土が、掘り返されているのに気づいた。いや、掘り返されただけではない、ていねいに均されていたのである。そこに丸い自然石が置かれていたのを、かれは思い出した。

堀江丁の屋敷に移ったとき、敷地の濠に近い隅がわずかに盛りあがり、そこにその丸い石が載せられていた。

しばらく見ていて、源太夫は軍鶏塚だと思い至ったのである。雛や若鶏、いやそれだけではなく老鶏も、すべてを死ぬまで飼い続けることはできない。多くは処分しなければならないが、その受け持ちは権助であった。

かれはそれを軍鶏塚に葬《ほうむ》っていたのである。源太夫は、処分した軍鶏の頭や骨を権助が埋めるところや、両手をあわせて祈るのを見たわけではない。が、まちがいなくそうであろうと確信したのであった。

潰すことが決まると、権助はとても辛そうな顔になる。むりもない。毎日、餌と水を与え、餌を食べ終わると小舎から唐丸籠に移し、鶏糞を掻《か》き出して掃除するのである。

軍鶏を行水《ぎようずい》させるときには、古い盥に微温湯を入れて源太夫を手伝う。源太夫が多忙なおりは、権助が代理で脚の肉を揉みほぐしてやるのであった。

その下男の辛そうな顔を見ることが、最近はいくらか少なくなっていた。軍鶏の魅力、その羽毛の美しさや、狷介《けんかい》で傲岸《ごうがん》不遜《ふそん》な面魂《つらだましい》にひかれ、あるいは実際に鶏合わせをさせたいために、飼うようになった弟子や藩士たちが、少しずつだが現れたからである。

源太夫がその闘いぶりを見て、秘剣「蹴殺し」を編《あ》み出したことは、いまでは園瀬藩で知らぬ者はいなかった。あるいは自分も、と思う者も中にはいるのだろう。

しかし蹴合わせを見ただけで、そう簡単に秘剣を編み出せるものではない。源太夫にしてもイカズチと呼ばれた名鶏の闘いを何度も見て、ようやく閃《ひらめ》いたのである。

鶏合わせを観戦し、あるいは唐丸籠に入れられた軍鶏を見ている者がいると、権助は世話をしながら時間をかけてその男を観察した。つまり、軍鶏のどこに興味や魅力を抱いたかを、見抜けるまではじっと見ているのである。

そして見極めると、さりげなく話しかけるのであった。

「この若鶏の兄弟は粒ぞろいなので、大旦那さまも手放すのが辛いことでしょうな」

「……？」

「ご覧ください、この立ち姿を。いい軍鶏に育つかどうかは、正面から見ればわかります。脚の鱗《うろこ》が三列に並んでおりましょう？　これは三枚鱗と申して、体全体の釣り合いが取れておりませんと、これだけきれいには並びません」

もともと飼ってみようと思っている者が、このように話しかけられると飼わずにいられなくなるらしい。

もちろん、権助が持ちかける若鶏は、源太夫が残す意味がないと言った、あるいは

権助がそう判断した軍鶏である。育てたいと考えている軍鶏を相手が欲しがると、

「さすがお目が高《たこ》うございます。しかしそやつは、大旦那さまが此度《こたび》の若鶏の中で一番だとおっしゃられたので、手放しはなさらんでしょう。ですが、それだけ見る目がございましたら、すぐにいい軍鶏を育てられるようになりますよ」

褒《ほ》められて怒る者はいない。相手がにんまりすると、権助はすかさず、しかしさり気なく続ける。

「ところでこちらをご覧ください。翼の先が腰の上で強く交叉《こうさ》しておりましょう。これは人でいえば腕と肩、そして胸にあたる部分の筋が強いからでしてな。あの、向こうにいるのは、翼の先がようやくのことであわさっているだけです。胸にも十分な肉がついていないからで、それにくらべると、こちらはものがちがいます」

「さようか。では、譲ってもらおう」

となる。この男、商売《あきない》の道に進んでも、かならずや一廉《ひとかど》の商人になったであろう、と源太夫はひそかに舌を巻いたものであった。

話が決まると権助は懇切《こんせつ》ていねいに、餌の作り方と与え方、怪我の手当てや、行水で疲れた筋肉を揉みほぐしてやる方法を教えた。場合によっては、古くなった唐丸籠を譲ったりもする。

せっかくもらってくれたのに、母親の強硬な反対で返しに来た弟子もいた。権助は諦めずに、べつの里親探しに懸命になるのであった。

その数が少なくなったとはいえ、それでも権助は処分しなければならない。盛りをすぎたり、鶏合わせで致命的な傷を負ったりした軍鶏を、残すことはできないからだ。

だから軍鶏塚なのである。

源太夫は美しい軍鶏を得たいと願い、そのために強い軍鶏を育てようとした。しかし、ただそれだけであったことを思い知らされ、下男に対して兜《かぶと》を脱ぐしかなかった。

「たしかに権助の言うとおりかもしれん。わしは軍鶏侍と呼ばれておりながら、軍鶏の料簡がわかっておらん。権助こそ軍鶏侍だ」

「おたわむれを」

そう言ったものの、権助は能面の翁《おきな》のような、くしゃくしゃの笑顔になった。

「よし、義経には咬ませとして、もうひと働きもふた働きもしてもらうとしよう。そして権助にもな」

忠実な下男は何度もうなずいた。

庭に面した障子《しょうじ》が開けられ、市蔵が顔を出した。

「父上、それに権助。朝ご飯の用意ができました」

「相わかった」

返辞をすると、源太夫は膝をひと叩きして床几から腰をあげた。

道場では早くも弟子たちの、竹刀を打ちあわせる音がしていた。

巣《す》立《だ》ち

一

綾部《あやべ》家の屋敷は西の丸の南東、三の丸の下に拡《ひろ》がる一番丁から三番丁までの、番方の住まいが集まった地区にあった。藩士としては中の格なので、屋敷もややゆったりとしている。

大村嘉一郎《かいちろう》は綾部家の門前に、六ツ半（午後七時）に立った。番丁のほぼ中ほどの二番丁で、かつては大村家も三番丁に屋敷を構えていたのである。

病を得た綾部善之助《ぜんのすけ》は、六年まえに現役を退《しりぞ》き、息子の真之助《しんのすけ》が跡を継いでいた。その善之助が自分を呼ぶとすれば、父庄兵衛《しょうべえ》に関すること以外には考えられなかった。とはいうものの、当時の嘉一郎はまだ見習いにもなっていなかったので、父の仕事や対人関係については、ほとんどわからない。

「お呼び立てして申しわけない」

現れたのは、嘉一郎とほぼ同年輩の真之助であった。岩倉道場の相弟子なので顔は見知っていたが、話したことはもちろん、手をあわせたこともない。もっともそれは、嘉一郎がさほど稽古に身を入れていないからであった。

「父がどうしてもと申しますので、むりなおねがいを。さ、どうぞ」

真之助はあいさつもそこそこに、嘉一郎を父親の居室に案内した。

臥《ふ》した善之助の枕もとには、陶製の吸呑《すいのみ》を二つ載せた盆が置かれていた。一つには水、片方には煎《せん》じ薬が入れられているのだろう。部屋には薬湯《やくとう》のにおいがこもっていたが、それが長患《ながわずら》いを裏付けていた。

「茶をお持ちしたら、あとはだれも寄越さぬように」

「わかりました」

一度さがった真之助はほどなく茶を持って現れ、嘉一郎のまえに置くと目礼して辞した。襖《ふすま》がぴたりと閉められた。

病人は嘉一郎が見ても重篤《じゅうとく》なのがわかるほどで、眼窩《がんか》も頰も肉が落ち、さながら幽鬼であった。肌は黄土色をして、唇は白く粉が吹いたようでほとんど色がない。

その唇は長いあいだ閉じられたままであったが、やがてかすかに動くと、掠《かす》れた声がした。

「わたしは、四十二になった」そこまで言って、善之助は苦しそうに間を取った。

「これだけは話しておかねば、死んでも死にきれぬと覚悟して来てもろうたのに、いざとなると話せぬものだ」

善之助が目を閉じたので、嘉一郎は黙って待ち続けた。苦しいのはどうやら、体だけではなさそうである。

「庄兵衛どのが」

善之助は言い止《さ》したが、嘉一郎は予感が的中したことを、ずしりと受け止めていた。胸の高鳴りを抑えることができず、おおきく呼吸して心と体を鎮《しず》めようとした。

「腹を召されたのとおなじ、四十二だ。早いもので九年の歳月が流れた。わたしはあのとき三十三だった」

その出来事は嘉一郎たち大村家の家族と縁者にとって、まさに青天の霹靂《へきれき》であった。徒士《かち》組頭の父が、公金の着服が露見したことを恥じて腹を切ったので、遺骸《いがい》を引き取るようにとの報せが、林甚五兵衛《はやしじんごべえ》の家士からもたらされたのである。

十四歳だった嘉一郎は伴を一人連れ、大八車を牽《ひ》いて林の屋敷に向かったが、かれにはどうしても信じることができなかった。父は厳しい人で、嘉一郎や弟圭二郎のちいさな嘘にさえ、激怒して折檻《せっかん》するほどであった。そんな父が、公金をわがものにするなど、どうして信じられよう。

林甚五兵衛は物頭《ものがしら》席の騎馬士で、大目付であった。老職を補佐し、士卒《しそつ》を観察、といえば聞こえがいいが、要するに監視が主な役目である。切れ者で、筆頭家老稲川《いながわ》八郎兵衛《はちろべえ》の懐刀《ふところがたな》として知られていた。

庭にまわるように言われたので、嘉一郎と家士はその言葉に従った。そしてわれとわが目を疑ったが、父庄兵衛の遺骸はなんと、庭さきに莚《むしろ》をかけただけで放置されていたのである。

「見てのとおりだ。介錯《かいしやく》なしとなったには、理由《わけ》がある」

林甚五兵衛の声は、重々しく説得力があった。

表座敷で不審な点に関して問い糺《ただ》したところ、庄兵衛は自分の罪を認めた。そして家を廃すことだけはご容赦願いたいと、畳に額をこすりつけたのだという。

その直後、「一命に替えてお願いいたす」と叫ぶなり、裸足のまま庭に飛び出してしまった。

「止める暇《いとま》もあらばこそ、でな」

庭に坐った庄兵衛は、肌脱ぎになると脇差を引き抜いた。

「庭さきをお借りいたす。御免!」

叫ぶと同時に、腹に脇差を突き立てたのである。

「苦しみを長引かせてはならぬゆえ、武士の情けで止《とど》めを刺し申した。追って沙汰《さた》があろう」

言い残して甚五兵衛はその場を去った。

事情が事情だけに、大村家では身うちだけでひっそりと葬儀を執《と》りおこなったが、初七日が明けぬうちに、林甚五兵衛配下の目付と下役がやって来た。

言い渡された処分は、まず家禄が四分の一に減らされたことである。本来なら無条件に廃絶だが、古い家柄ゆえ斟酌《しんしゃく》を加えたとの付け足しがあった。しかし、四十九日の翌日には屋敷を引き払い、濠外《ほりそと》の組屋敷に移らねばならないという厳しい通告である。

家格と石高ですべてが決まる武家にとっては、たいへんな没落であった。冠木門《かぶき》とはいえ門構えのある屋敷から、組屋敷に移されたのだ。

しかし、見た目に明らかな事実からくる屈辱よりも、心に受けた傷のほうがはるかにおおきかった。

なにしろ公金横領の罪人の子ということで、かつての仲間もほとんど寄りつかなくなったのだ。嘉一郎は徒士組頭のもとで見習いとして働き始めたが、まわりのだれもがどことなくよそよそしい。

ところが、本来なら明確にされるべき犯した罪の詳細は、父が腹を切ったことで調べが打ち切られ、いっさい明らかにされなかった。そして曖昧《あいまい》なまま、いつしか忘れられていったのである。

遺族には苦しみのみが残ったが、だれに訴えることもできなかった。

「胸の奥深くにしまいこんだまま、あの世に持って行こうと、心に決めていたのだが」

あるいは眠ってしまったのかもしれないと思い始めたころになって、善之助が口を開いた。嘉一郎は全身を耳にして、一言隻句《いちごんせきく》も聞き逃すまいとした。

「やはり、わたしにはできぬ。人としてそれはしてはならぬことだと、心の奥の声が日増しに強うなり、明日をも知れぬ身となって、ようよう決心がついた。それで嘉一郎どのにご足労願った次第でな」

病人はふたたび口を噤《つぐ》んだ。心のせいではなく、体力が続かないのだろう。気持の整理がついたからこそ、嘉一郎を呼んだはずだからである。

「庄兵衛どのに罪はなかった」

「……！」

「それに、さきほどの言葉は正しくない。腹を召されたのではないのだ」

「なんですと？」

かたく目を閉じていた善之助が、カッと見開いた。白目は牡蠣《かき》の剝《む》き身のような色をし、黒目も薄い灰色の膜におおわれたように光がなかった。やがて病人は、力なく目を閉じた。

「庄兵衛どのは、林甚五兵衛に斬り殺された」

綾部は林の配下で、小目付として手足のようになって働いていた。かつての上役を呼び捨てにしたのは、死が目のまえに迫っているからこそできたことだろう。

善之助の話によるとこうであった。

林甚五兵衛と大村庄兵衛は声を押し殺して遣《や》り取りしていたが、次第に険悪になるので、善之助ははらはらしながら見守っていた。場所は林家の表座敷のまえ、つまり父の屍《しかばね》が放置されていた庭であった。

庄兵衛が甚五兵衛の公金横領の証拠をあげ、武士として責任を取るようにと迫っていたのである。

事実はまったく逆だったのだ。

そして突然、二人は無言のまま対峙《たいじ》し、火を吹きそうな目で互いを睨《にら》んでいた。実際にはそうでもなかったかもしれないが、善之助には途方もなく長い時間に感じられた。

そして庄兵衛が言った。

「武士としての誇りがあるなら」

「ほざけ！」

甚五兵衛が脇差を一閃させ、庄兵衛の首の血の管《くだ》を斬り裂いた。庄兵衛はどっと背後に倒れたが、ほとんど即死に近かったらしい。

無言のまましばらく見下ろしていた甚五兵衛は、庄兵衛の脇差を抜くと、その右手に逆握《さかにぎ》りさせた。続いて着物のまえを押し開き、切っ先を庄兵衛の左腹に押しこんで、それを力にまかせて右へ引いたのである。

苦しみを長引かせぬため、武士の情けで止めを刺したとの甚五兵衛の言葉は、真っ赤な偽《いつわ》りであった。

「大村庄兵衛は、公金の着服が露見したことを恥じて腹を切った。わかったな」

林甚五兵衛はぎょろりと綾部善之助を睨むと、そう言い放った。かれとしては、上役の言葉にただうなずくしか術《すべ》がなかったのである。

傷を丹念に調べた検視の同心が、不自然さを指摘した。腹を切ってから止めを刺されたのではなく、その逆ではないかとの疑問である。

「大目付のわしが偽りを申したと言うのか！」

甚五兵衛が一喝し、結局はうやむやのうちにそこで打ち切られた。

「嘉一郎どのは何歳におなりか」

「二十三になりました」

「であれば、話してもよろしかろう」善之助はそこでしばらく間を置いてから、ゆっくりと続けた。「芙弐《ふじ》どのは美しい人であった。いや、いまもさぞお美しいことでござろう。わたしは病のこともあって、長らくお目にかかってはいないのだが」

突然に母の名が出たので、嘉一郎は驚かされた。なるほど、それで年齢を訊《き》いたのだとわかった。とすると、と思ったがやはり予想は的中した。

「芙弐どのに林が懸想《けそう》した。横恋慕《よこれんぼ》というやつだ。庄兵衛どのがああなる、十年もまえのことだった」

十年まえだとすれば父は三十二歳、母が二十四歳、ちなみに嘉一郎は四歳ということになる。次男の圭二郎が、生まれるまえの出来事であった。

林甚五兵衛はなんとか思いを遂《と》げようとしたものの、当然のことながら芙弐が応じるわけがない。執拗《しつよう》に迫る林を、頑として撥《は》ねつけた。

「わたしは思うのだが、もっともこれは勘繰《かんぐ》りかも知れん」

善之助はそうことわった上で自分の考えを述べたが、嘉一郎の感触としては、かなりの確信をもってのことと思えた。

藩庫の金を着服し、その罪を藩士のだれかに負わせようとしたとき、林は一向に靡《なび》こうとしない芙弐への逆恨みから、庄兵衛をその標的に選んだのではないかと、善之助は言うのだ。

そこへなにも知らない庄兵衛が現れたので、好機到来とばかり斬殺した。でなければ、庄兵衛が来た瞬間に、罪をなすりつけることを閃《ひらめ》いたとも考えられる。

いずれにせよ嘉一郎と圭二郎の父、大村庄兵衛は公金横領の発覚を恥じて切腹したということで、処理されてしまったのである。

綾部善之助はおそらく気が弱く、極めて小心な人物なのだろう。このままではあまりにも大村家の面々が気の毒だと思いながら、かといってだれかに打ち明け、あるいは相談することもできず、一人で気に病み続けたにちがいなかった。

なぜなら林甚五兵衛は、大村庄兵衛に罪を着せて平然と殺害するような冷血漢である。他人に打ち明けたりすれば、直属の部下である綾部善之助に対して、どのような報復で応じるかわかったものではないからだ。

その恐ろしさを考えただけで、善之助は震えあがったにちがいない。おそらくそれも理由の一つとなって、かれは病を養うことになったと思われた。

政変で上層部が入れ替わったのは、大村庄兵衛の死から二年後のことであった。

加賀田屋《かがたや》との癒着《ゆちやく》によって私腹を肥やした筆頭家老の稲川八郎兵衛は、家禄を取りあげられ、財産は没収、妻子《こ》は領外追放の処分を受けた。

そして本人は、花房川の上流、屛風《びようぶ》のような山が連なったその麓《ふもと》にある、雁金村《かりがねむら》に押しこめられた。つまり番人つきの一種の座敷牢に入れられ、いっさいの連絡もできないという、完全に自由を奪われる罰を受けたのである。

稲川八郎兵衛はそれから五年後、今から二年まえに、だれに看取《みと》られることもなく、押しこめられた牢で亡くなった。六十三歳であった。

一方、稲川の懐刀とか右腕と称された林甚五兵衛は、禄を百石減らされ、一年の閉門処分を受けた。二百五十石から百五十石になったのだが、実感としては半減に近い。

しかし閉門が解けても職には復帰できず、別の役も与えられなかった。そればかりか藩は甚五兵衛を隠居させ、息子に家督を継がせたのである。

政変から七年が経って甚五兵衛は還暦となったが、矍鑠《かくしやく》としていた。岩倉道場主の源太夫よりひとまわり上の世代では、かれとまともに闘える藩士はいないほどの、腕の持ち主であったのだ。

それだけ腕が立っても、道場に顔を出すことはなかった。岩倉道場に姿を見せないのは、源太夫が稲川の放った刺客を倒したから当然だが、中立の立場をとっていた道場にも顔を出してはいない。なぜなら甚五兵衛は屋敷内に、道場といえるほどの規模ではないが、十分な広さの稽古場を持っていたからである。

二

嘉一郎が綾部家を辞したとき、すでに五ツ（午後八時）を四半刻（約三十分）は過ぎていた。提灯《ちょうちん》で足もとを照らしながら、かれは覚束《おぼつか》ない足取りで歩いていた。あまりにも多くの事柄が錯綜《さくそう》して、ほとんど考えることができなかった。

なによりの衝撃は、父が公金を着服していなかったこと、しかも切腹ではなくて、罪を着せられた上に林甚五兵衛に斬り殺されたという事実を、目撃者の綾部善之助本人から知らされたことである。

嘉一郎は混乱し、困惑していた。困惑の原因は、母や弟圭二郎に伝えるべきか、秘しておくべきか。話すとすれば片方だけに話すのか、二人に話すのか。母と弟をまえに同時に話すのか、それとも別々に打ち明けたほうがいいのか、ということであった。

特に問題は圭二郎である。弟は十五歳の昨年、岩倉道場での名札を五枚目に進めていたが、今年はさらに三枚目にまであげていた。

師範代の柏崎数馬と東野才二郎に次ぐ位置で、十六歳になったこともあり自信をみなぎらせている。むりもない。なにしろ、十代の若さで十席以内に名札を掛けている者は三名いたが、五席内となると圭二郎ただ一人であった。ほかの二人は八席と十席で、ともに十九歳である。

背丈も五尺七寸（約一七三センチ）の嘉一郎を抜いて、五尺八寸（約一七六センチ）に達していた。しかもまだ伸び続けているので、二十歳まえに六尺（約一八二センチ）を超えるかもしれなかった。

岩倉道場には嘉一郎も通っているが、かれの場合は武士の嗜《たしな》みとして、最低限のことを身に付けておきたかったからであった。入門も弟の圭二郎より遅かったし、腕もたいしたことはない。

しかし圭二郎は、小禄の次男坊では身が立たないと考えているのだろう。剣の腕があればわずかながら道が開けるかもしれないとの思いもあってか、稽古に励んでいるようであった。

嘉一郎が恐れたのは、弟の激しい気性である。今でこそ礼儀正しく、物静かでおだやかな若者に育っているが、それは岩倉源太夫というよき師に、めぐりあえたからにほかならない。

少年時代の圭二郎の激しさは、七つも年上の嘉一郎が手を焼くほどであった。圭二郎はいかに穏やかに見えようとも、体の奥には煮えたぎる真っ赤な溶岩を秘めた火の山なのだ。それを一番よく知っているのが嘉一郎であった。

圭二郎は些細なことが理由で怒り狂い、激情を抑えられなくなってしまうことがよくあった。そのようになった圭二郎を、嘉一郎は花房川の堤防の上から目撃して眉を曇らせたことがあった。人とは、ましてや自分の弟だとは、一瞬信じることができなかったほどだ。まさしく、怒り狂った野獣としか言いようがなかったのである。

木刀を手にした圭二郎は、河川敷の段丘をすさまじい勢いで駆け抜けていた。しかも、単に駆け抜けただけではなかった。木刀を振りまわして左右の草や木、そして笹竹などを打ち払いながら疾駆していたのだ。その背後には薙《な》ぎ倒された草や木の、一間あまりの幅がある、色の変わったかなり長い帯が残されていた。

またあるときは急な斜面を、山の頂から麓《ふもと》まで一気に走り下りたりもした。南国とはいえまだ水の冷たい花房川で、弥生《やよい》のころから泳ぎ、唇を紫色にして震えていたこともある。

唯一、嘉一郎が救われたのは、圭二郎の憤りの鉾先《ほこさき》が、家族や同年輩の少年たちには向けられなかったということであった。

父が冤罪《えんざい》というだけでなく、斬り殺され、しかもその相手がわかっているとなったら、激情の持ち主である圭二郎が黙っていられるわけがない。暴走してしまう可能性は十分に考えられた。

岩倉道場で五指に数えられるようになったころから、圭二郎は渾名で呼ばれることが多くなっていた。

その名は、若軍鶏。

もちろん、道場主源太夫の軍鶏侍に対しての呼び名だ。周囲の目は師範代の数馬や才二郎よりも、大村圭二郎に源太夫を二重写しに見ているのである。

わからぬでもない。源太夫の弟子たちを普通の鶏に喩《たと》えると、圭二郎は軍鶏と呼ぶ以外に考えられなかった。まず頭抜けて大柄なだけでなく、体格がいい。足が長く、腿《もも》は太く、肩幅があって胸も厚い。ほかの弟子たちに比べ、頭一つ分以上おおきかった。

道場にいては、鶏の群れにたった一羽、軍鶏が混じっているとしか思えないくらい、ほかの弟子たちを圧倒していたのである。

こと体だけに限れば、源太夫より圭二郎のほうが立派であった。しかも十六歳という若さである。若軍鶏としか、呼びようがないではないか。

それだけでなく、目も鋭さを増していた。さらに言えば、本家「軍鶏侍」の岩倉源太夫に、歩き方、話し方、笑い方までそっくりになっていたのである。

「学ぶは真似る」と言われるが、圭二郎は憧れの源太夫に、剣の腕は当然として、すべてにおいて近づきたいと願っているらしい。おもしろいのは、圭二郎を慕う藤村勇太が圭二郎に似て、いや、似るどころか瓜《うり》二つになってきたことだ。

園瀬の里では、今ではほとんどの人が岩倉道場でなく、親しみをこめて軍鶏道場と呼ぶ。軍鶏を飼い、鶏合わせ（闘鶏）から秘剣蹴殺しを編み出した道場主源太夫は、文字どおり軍鶏侍である。そのもとで若軍鶏の大村圭二郎が加速度的に力をつけ、もう一羽の若軍鶏、というにはいささかおとなしすぎるが、藤村勇太も順調に育っていた。

軍鶏が気性の激しさを剝き出しにするのは、おなじ軍鶏の雄に対してだけである。雀や烏、あるいは矮鶏《ちゃぼ》のような鳥は当然として、犬や猫であろうと無視してしまう。つまり弱者には見向きもしない。自分と同等かそれ以上の者に対してのみ、闘志を掻き立てられるのである。

その点でも圭二郎は軍鶏そのものであった。

胸の奥に煮えたぎる溶岩を隠し持った若軍鶏大村圭二郎が、父庄兵衛が林甚五兵衛に斬り殺された上、罪を着せられたと知って、黙っていられるわけがないのである。それも、藩でも屈指の腕の持ち主となると、なおさらであった。

突然、嘉一郎は立ち止まり、凝結でもしたように身動きできなくなった。

――もしそうなれば、和《かず》どののことはどうなるであろうか。

頭を痛撃されたような思いがした。呼吸もできずに突っ立っていた嘉一郎は、おおきく息をするとそろりそろりと歩き始めたが、提灯に照らされた地面が、波打っているように感じられた。

嘉一郎が嫁をもらおうと決心したのは、母の病気のためである。病名はわからない。いや、あるいは病気ではないのかもしれなかった。

大柄な母の芙弐は、体も頑健で病気らしい病気をしたことがなかったが、さすがに庄兵衛の死は堪《こた》えたらしい。番丁の屋敷から組屋敷に移されたことも、嘉一郎や圭二郎以上に屈辱であったろう。次第に無口になり、顔色も冴《さ》えなくなったばかりか、痩《や》せ始めたのである。

医者に診《み》てもらうように勧めたが、「なんともないから」と応じようとしない。薬礼のことを案じているのは明らかであった。

——貧乏とは辛いものであるな。

嘉一郎はしみじみとそう思った。せめて母が体を休められるように、楽をさせられるようにとの思いもあって、かれはそう多くない知音《ちいん》や、大村家の不運に同情してくれている人たちに、それとなく嫁の世話を頼んでいた。

だが、そこにも父の死が影を落としていた。嘉一郎がいい青年ではあると知りながらも、だれもがやんわりと断ったのであった。

ところが、「嘉一郎さまとなら苦労をしたい」と言う娘が現れた。それが武部鉄太郎《たけべてつたろう》の娘で、十六歳の和であった。

三男四女、中には年子もいるという、まさに貧乏人の子だくさんの、その長女である。子が一人でも減れば、弟や妹がひもじい思いをせずにすむ、とそれだけのことで、嫁の来てのない大村家に嫁《とつ》ごうと決心したのかもしれなかった。

とすれば、大村家でなくてもよいのではないだろうか。嘉一郎はふとそう思い、そんなことを考えた自分を恥じた。

——だが、それでもいい。互いが貧しくても、相手を思いやって力をあわせれば、世の荒波を乗り越えられぬことはないだろう。

もしも圭二郎が暴走してしまえば、嘉一郎のそんなささやかな願いさえもが、壊れかねないのである。

番丁を出た嘉一郎は、濠に架けられた橋を渡ると東へと進んだ。左手には調練の広場があり、反対側には岩倉源太夫の屋敷と道場があった。

父の死後、自暴自棄になりかかっていた圭二郎が立ちなおれたのは、道場主源太夫と下男の権助のおかげだと言っても過言ではない。

人に馴染めず、また馴染もうとしない圭二郎を、当時、藩校「千秋館」の助教だった盤睛池田秀介は、かつての道場仲間であった源太夫に託した。

たしかに持てあましたきらいもあったではあろうが、おなじように人に馴染めなかった若き日の源太夫に、圭二郎と共通するなにかを感じたものと思われる。源太夫が剣に没頭することで自分を見出したように、圭二郎も自分を取りもどして立ちなおれるかもしれないと、それに賭けたのだろう。

源太夫の屋敷と道場の両隣は、空地となっている。東に二町ばかり歩いた嘉一郎が、明神《みょうじん》橋を南へと渡って行くと、闇に沈んだ濠で魚が跳《は》ねでもしたらしく水音がした。

十歳の秋に入門した圭二郎は、岩倉道場でも孤立していた。ところが十一歳となった翌春、花房川に三尺（約九十センチ）もあろうという大鯉が姿を見せたのである。

それを自分が獲ると圭二郎が宣言した。いくら体がおおきくても、子供にはむりだとだれかに言われたが、

「いや、やってみせる。かならずおれが獲る！」

と絶叫したのであった。

もちろんその事実や、道場での圭二郎のこと、鯉に関するあれこれは、嘉一郎は知るよしもなかった。すべて、あとになってわかったことである。
十四、五歳に負けない体格だとは言っても、まだまだ圭二郎は子供であった。三尺の大鯉を捕らえることなど、できるわけがない。
源太夫が権助に相談すると、方法はないこともないという。だが、そのためにはかなりの期間、しかも毎朝、七ツ（四時）から一刻（約二時間）ばかり、圭二郎と権助だけで動かなければならないと言うのである。

そこで源太夫が考えたのが、早朝の特別稽古であった。しかしそんな時間に、それも毎朝となると、母の芙弐や兄の嘉一郎に迷惑がかかる。だから当分のあいだ、道場に住みこませたいというのであった。

源太夫に相談された嘉一郎は、もちろん同意した。激情の持ち主である圭二郎が、

剣に没頭することで立ちなおるきっかけが得られるなら、兄としてそれほどありがたいことはなかったからだ。

それからというもの、圭二郎と権助は一日も欠かさず、おなじ時刻に藤ケ淵に出かけた。そして、おなじ岩場からおなじ場所に、おなじ練餌《ねりえ》の団子を投げこんで、大鯉を餌付けしたのであった。

三月《みつき》がすぎ、四月目に入って旬日《じゅんじつ》ほども経って、権助がたった一度かぎりの機会だと言っていた日が、ついにやってきた。

長い日照りのあとの豪雨では、川は数日にわたって赤濁りとなり、魚は満足に餌を漁《あさ》ることができない。それを本能的に知っているので、大雨の直前には可能なかぎり喰いだめするのであった。

普段は慎重な鯉も、そのときばかりは注意力が散漫になる。

長い準備が功を奏し、土砂降りの雨の中で、大鯉はついに餌の団子に喰いついた。

しかし相手は三尺もあり、となると三貫（約十一キロ）ではきかない。

闘いは半刻（約一時間）も続いたが、圭二郎はようやくのことで大鯉を引きあげることができた。岸の岩場、水面近くでは受網《たも》を構えた権助が腕を伸ばしている。

ところが老獪《ろうかい》な大鯉は水面に姿を見せ、滑るように一気に近寄り、それから不意に深みに潜《もぐ》った。圭二郎があわてて竿を振りあげると、鯉はそれにあわせて浮上した。かれが背後の岩に竿を叩きつけたため竿は折れ、釣り糸は切れたのである。

その後の圭二郎を、権助は見ていられなかった。砂利を叩きつけるような激しい雨の中で、自分を責め続けている若者を、そのまま道場には連れて帰れない。

権助は田圃《たんぼ》の中の、藁《わら》や農具などを保管してある小屋に、圭二郎を連れて行った。そして、藁を燃やして着物を乾かしながら、「あれでよかったのですよ、圭二郎さま。あれで」と繰り返し、「どのようになったかとゆうよりも、どのようにしたかとゆうことのほうが大事なこともあるのです」と静かに諭《さと》したのである。

圭二郎の心は少しずつ和《なご》んだのだろう。何度目かの、「あれでよかったのですよ、圭二郎さま。あれで」のあとで、ようやく笑顔がもどった。

以来、圭二郎は別人のようにおだやかで物静かな、礼儀正しい若者になった。だれよりも早く道場に現れて拭き掃除をし、時間ができると権助の仕事を手伝うようになったのである。

ある日、権助がしみじみと源太夫に言ったことがあったそうだ。

「ゆっくりと若者になってゆく者もいれば、一日でなる者もいるのですね」

小屋で悔し泣きしているときまでは、圭二郎は子供であったが、藁を燃やす炎と暖かさ、そして権助の言葉で、わずか四半刻のちには若者に変貌《へんぼう》していた。まさに一日、いや四半刻で、子供から若者になったのである。

それは、源太夫や権助、そして圭二郎の道場仲間から聞いた話をつなぎあわせて、嘉一郎が理解した一部始終であった。

橋を渡った嘉一郎は、右に曲がって濠に沿って歩いた。防備のためからだろうが、大濠には大橋一本、濠には橋が三本しか架けられていない。不便ではあっても、おおきくコの字に曲がらなくてはならないのである。

――問題は弟だな。

圭二郎は師の源太夫のように冷静な若者に成長しているものの、事実を知れば一気に以前の、激情の持ち主にもどる可能性は十二分にあった。

迷いに迷い、混乱したままの頭で、嘉一郎は組屋敷の大村家のまえに立っていた。かれは提灯を縮めると灯を吹き消し、玄関の戸を引いた。

三

嘉一郎は壁の釘に提灯をかけた。玄関は暗いままだったが、居間には行燈《あんどん》が灯《とも》っている。

「ただいまもどりました」

「お帰り」

五ツ半（午後九時）であったが、母の芙弐はまだ寝てはいなかった。それだけではない。居間に正座し、しかもその横には、弟の圭二郎が畏《かしこ》まっていたのである。

呆然となったまま、嘉一郎は母と弟のまえに坐った。

「お父上のことですね」

口を切ったのは芙弐であった。

「……！　なぜ、それを」

「綾部どのは、相当にお悪いと聞いております。でありながら、嘉一郎を呼んだのですから、ほかには考えられぬでしょう」

嘉一郎が弟を見ると、母はおおきくうなずいた。

「話をいっしょに聞くために、待っていたのです」

母と弟に話すかどうかの結論さえ出ていなかったのに、嘉一郎は選択の余地のない状況に直面させられたのである。

かれは逡巡《しゅんじゅん》した。なにから、どのように話せばいいのか、心の整理ができる状態ではなかったのだ。

「嘉一郎が話せないのなら、母が申しましょう」

芙弐はしばらく間を置いたが、嘉一郎は咽喉《のど》が貼り付いたようになって言葉が出なかった。圭二郎が、まさに軍鶏としか思えない鋭い目で、瞬きもせずに見ている。

「綾部どのはこのように申されたのでしょう。お父上は林甚五兵衛に斬られた上に、藩のお金を横領した罪を着せられた、と」

嘉一郎は驚愕したが、それは圭二郎もおなじだったようだ。いや、綾部に事実を聞いていた嘉一郎に較《くら》べると、驚きは幾倍もおおきかったかもしれない。飛び出しそうになった眼を、母と兄のあいだで何度も往き来させていた。

「ちがいますか」

「いえ」と答えるしか、嘉一郎は方法がなかった。「……しかし、なぜに」

「心を鎮めて考えれば、わからぬことではありません」

母の言葉に、兄と弟は思わず顔を見あわせた。

「綾部どのは小目付で、林甚五兵衛の配下でした。その綾部どのが瀕死《ひんし》の床《とこ》に、おまえを呼んだのです」

「瀕死の……、ですか？」

「はい。どうしても話しておかなくてはならないと心に決めて、おまえを呼んだのでしょう。綾部どのはそう長くは、おそらく十日ともちますまい」

「……！」

嘉一郎は言葉を発することができなかった。善之助の屋敷で、思わず耳を疑うようなことを聞いて驚かされ、その動揺が収まらないうちに、さらに衝撃的な母の言葉が追い打ちをかけたのである。

だが、本当の驚きはそのあとに用意されていた。母がいかに聡明な女性《にょしょう》であるかを、かれは思い知らされたのだ。

「お父上の身柄を引き取りに行ったおり、林甚五兵衛がこう言ったと、あの日、嘉一郎は言いましたね。林が表座敷で不審な点に関してお父上を問い糺していたと」

「はい、申しました」

たしかに林はそう言ったのである。罪を認めた父が、家を廃すことだけはご容赦願いたいと、畳に額をこすりつけ、その直後、「一命に替えてお願いいたす」と叫ぶなり、裸足のまま庭に飛び出した、と。

「母にはそのとき、直ちに林の嘘がわかったのです」

「嘘、……ですと」

「大目付の林がお父上を問い糺すのでしたら、呼び付けるはずです」

「はい。たしかに」

「林の使いは来ておりません。非番の日でしたから、登下城のおりに言われる訳もない。お父上はこう申されたのです。これから林の屋敷に行ってまいる、と」

「すると」

嘉一郎の言葉に、母の芙弐はおおきくうなずいた。

「お父上はなにも申しませんでしたが、なんらかの偶然で林の不正に気付いたにちがいありません。それに、徒士組頭のお父上は、藩のお金をどうこうできる立場ではないのです。戦時《いくさどき》であれば、三人の小頭を含めて三十人あまりを動かすのですから、どんな事態にも対処できるよう、藩庫からまとまったお金を支給されることがあるかもしれません。今は平時です。着服したくとも、もちろん、お父上はそのようなことは思いもしないでしょうが、したくてもできる立場ではなかった」

「たしかに」

「お父上は武士として、どうにも林が許せなかったのです。せめて、別の目付の方とか、どなたかを同道なさっておれば、あのようなことにはならなかったかもしれませんが、今さら言っても詮《せん》なきこと」

「……わたしはなぜ、綾部どのに打ち明けられるまで、そのことに気付きもしなかったのだろう」

「林からの呼び出しがなかったことを知っておれば、わかったかもしれませんが、嘉一郎は知りませんでした。それにおまえは、お父上の亡骸《なきがら》を見せられたのです。心おだやかでいられるはずがありません」

「もう少し、母上のお考えを聞かせていただけませんか」

言われて芙弐はしばし躊躇《ちゅうちょ》したが、林に斬られた上、罪を被せられたとまで言ったのだからと、ひと呼吸置いて話し始めた。

「お父上は、不正をなによりも嫌っておいででした。ですから林が藩のお金を着服した事実を知って、黙っていられず詰《なじ》ったのだと思います。自分よりも身分が上の林を、おそらく頭ごなしに。それで口論になったのでしょうが、若き日の林は藩随一の遣い手でした。あのときは五十一歳でしたが、それでも」と、芙弐は兄と弟を交互に見てから続けた。「おまえたちの師匠の岩倉源太夫さま以外には、おそらく今でも太刀《たち》打ちできる者は、園瀬の藩にはおりますまい」

言われて嘉一郎と圭二郎は、顔を見あわせた。

「止める暇もなく腹を切ったので、それ以上の苦しみを与えぬため止めを刺したと言ったそうですが、絶対に嘘です。林は斬りつけ、そのあとでお父上の脇差を逆手に握らせて、切腹に見せかけたのでしょう」

「それは！」

嘉一郎がそう言うと、母の芙弐は静かにうなずいた。

「あくまでも、母の憶測です」

「いえ、綾部どののおっしゃったとおりなのです。でしたらなぜあのとき、母上はそのことを」

「証拠はありません。しかも当時は稲川の一派が藩を牛耳《ぎゅうじ》り、林はその片腕に等しい男でした。訴えてもとおる訳がなく、むしろ仕返しされるだけです。それに林の言った言葉が嘘だとわかってはいても、母も取り乱しておりました。今話したようなことを、筋道立てて考えられるようになったのは、もっとあとのことです。ほどなく、稲川も林も処分を受けました」

「母上、兄上」と、圭二郎が初めて口を開いた。「わたしに仇《かたき》を討たせてください」

「ならん」

「なりません」

嘉一郎と芙弐が同時に鋭く制した。

「なぜですか。父上は殺された上に罪をかぶせられ、しかも仇がわかっているのです。わたしにはとてもがまんできません」

「私闘は武家の御法度《ごはっと》だ。運よく討ち果たせたとしても、圭二郎も腹を切らねばならん」

「むろん、覚悟の上です」

「それは犬死と申すもの。それに今の圭二郎の腕では、返り討ちに遭《あ》うだけです。母が許しません」

「ですが、仇が手の届くところにいるのですよ。これから相手を探しに、仇討ちの旅に出るのとはちがうのです」

「圭二郎」と母が言った。「悔しいのはおまえだけではない」

嘉一郎と圭二郎は、またしても顔を見あわせた。

「母は考えました」

兄と弟は顔を引き締めて、芙弐の次の言葉を待った。

「仇は討ちます。討たねばなりません。お父上の恨みは、かならず二人に晴らしてもらいます。お父上とわたしたち一家が受けた謂《いわ》れなき恥は、なにがあろうと雪《そそ》がねばならないのです。ですが、それだけでは意味がありません」

「父上に罪がなかったことを、はっきりと世間に示すということですね」

「そのとおりですよ、嘉一郎」と芙弐は言った。「一番望ましいのは藩庁に、ということは殿さまに、仇討免許状をいただくことです」

「しかし、いかにして」

「その手段を講じなさい。一番望ましくはあっても、一番困難だと思います。いいですか、お父上があのような目に遭われて、九年の歳月が流れたのです。一年や二年で成就《じょうじゅ》できると考えてはなりません。五年、六年、いや、十年かかっても成し遂げるのです。ですから圭二郎」

「はい」

「おまえは余計なことは考えず、ひたすら腕を磨きなさい。それと、いいですか。くれぐれも軽はずみなことはせぬように。なにかの偶然で、万が一、林を斬り倒せる好機が得られたとしても、自重せねばなりません。わかりましたか」

「はい。わかりました」

「嘉一郎、圭二郎」

「はい」

「兄弟で力をあわせて、かならずやお父上の無念を晴らすのです」

「はい、母上」

「かならず晴らします」

それを聞いて、芙弐は満足気にうなずいた。

「では二人に渡す物があります」

母は隣室に消えたが、間もなくもどると、両袂《たもと》で捧げるように持った大小を嘉一郎のまえに置いた。

「亡くなられた日の、お父上の腰の物です。こういうこともあろうかと、ひと段落したおりに、研《と》ぎと手入れに出しておきました。これがそのときの脇差です。運よく林を倒すことができたなら、これで止めを刺しなさい」

ふたたび隣室に消えた芙弐は、おなじように大刀を両袂で捧げるようにして現れると、圭二郎のまえに置いた。

「これは大村家に代々伝わるもので、母にはよくはわかりませんが、無銘ではあるものの、なかなかの業物《わざもの》とのことです。徒士はいざ戦となると、先頭に立って闘わねばなりません。ですから、相当にむりをしていい品を購《あがな》ったと聞いております。圭二郎」

「はい」

「今日からこれを差しなさい。そして一日も早く、自分の体の一部になるように馴染ませるのです。いくら業物であろうと、遣いこなせなくては意味がありませんからね」

「ありがとうございます」

兄弟は深々と母に頭をさげた。

綾部善之助が亡くなったとの報《しら》せがもたらされたのは、嘉一郎に父庄兵衛の死の真実を打ち明けた四日後であった。母の予言より早かったのである。

もちろん、快復したとしても、証言してもらうことができるとはかぎらない。ただし将来、べつの事実や証拠が得られた場合には、善之助の証言がおおきな意味を持つ可能性も、ないとは言えなかった。

四

愛弟子《まな》の変わりようを、源太夫が見逃すわけがなかった。

「なにがあったのだ」

「なにがと申されますと」

「圭二郎が稽古熱心なのはまえからだが、目の色が昨日と今日でがらりと変わった。人がこれほど変わるとなると、よほどのことがあったとしか考えられぬ」

さすがに驚いたようではあったが、圭二郎はすぐに平静さを取りもどした。

「弟子が稽古に励むのが、そんなにふしぎでしょうか」と、圭二郎はとぼけた。「いろいろと考えながら、試しているのです」

それだけではないのはわかっていたが、源太夫はさらなる追及はしなかった。普通の師であれば、「なんたる無礼な口の利きようだ」と叱るだろうが、源太夫は黙ってただうなずいた。

だが、どう考えても尋常ではなかった。あるいは急激に腕をあげたことで、だれかに果たし合いを挑まれたのだろうかとも考えたが、どうやらそうでもないらしい。

堂々巡りの末に、兄の嘉一郎に訊くのが一番手っ取り早いと考え、源太夫は組屋敷を訪ねることにした。六ツ半（午後七時）に近い時刻で、居待月《いまちづき》はまだ顔を出していなかったが、東の山際がほのかに明るい。

源太夫は着流しに脇差のみという格好で、提灯は持たなかった。闇夜に目を凝《こ》らす鍛練を続けているので、なんの不自由もない。

ところが明神橋に差しかかったところで、向こうからやって来る嘉一郎に気づいたのである。

提灯を右手に持った嘉一郎は、深刻な顔で、わずかに中央部が高い円弧になった橋を登ってくる。どうやら源太夫を訪れる積《つも》りらしいとわかったので、かれは橋の袂で待つことにした。

嘉一郎が提灯も持たずに突っ立った源太夫に気づいたのは、一間（約一・八メートル）にまで近くなってからである。

そういうところがいかにも、剣の稽古をかたちだけしかやっていない嘉一郎らしかった。圭二郎であれば、橋に差しかかるなり気づいただろう。当然だが、提灯は左手に持つはずである。でなければ、なにかあったときに脇差を抜けないからだ。

源太夫は思わず顔を緩めたが、それ以上に安堵を浮かべたのが嘉一郎であった。

「圭二郎の」

二人は同時に声を発した。

「どうやら、おなじ用向きのようだな」

「そのようです」

「となると、富田《とみた》町はまずいか」

時折利用する小料理屋「たちばな」とも考えたが、だれに聞かれるかわかったものでない。源太夫が濠の向こうを見ると、それを察して嘉一郎が弁解した。

「母がおりますので、ちと」

「なら、わが家としよう」

師弟はひと言も語ることなく夜道を歩き、岩倉家の門を潜《くぐ》り、玄関から表座敷へと無言を通した。

お茶を持って来たみつに、酒肴《しゆこう》を用意するようにと源太夫は言った。みつが退出するのを待って、他言無用に願いますと念を押してから、嘉一郎は一部始終を打ち明けた。

――なるほど、それで圭二郎の差し料が変わったのか。

源太夫は得心がいった。芙弐はさすがに元徒士組頭の妻女だけのことはある。そんなことに気づきもしない嘉一郎は、困惑顔のまま呟いた。

「手段を講じるようにと母に言われましたものの、徒士組のわたしには手立てがありませんので、思い悩んで途方に暮れておりました。相談に乗っていただけるのは、先生のほかにいないのでございます」

「と言われても、わしも一介《いっかい》の道場主でしかないからな。ただ、圭二郎がああなったことに関しては、得心がいった。稽古についてはこれまで以上に気を配ろう。もともと筋がいいのはわかっておるのでな」

「どうかよろしくお願いいたします」

「圭二郎はともかくとして、さて、どうしたものか」

源太夫は腕を拱《こまぬ》いた。

二人が抱えた問題はおなじであったが、皮肉なことに共通点は、ともに解決策を見出せないことであった。

結局、芙弐が念を押したように、早まってはいけないこと、圭二郎を暴走させないでひたすら腕を磨くことに専念させること、が二人の結論であった。そして当然ながら、林甚五兵衛に覚られぬよう、注意しなくてはならないのである。

「そのうちに、よき方策《せ》が見つかることもあろう」

「そういうことですね。急いては事をし損じますから」

嘉一郎は酒肴に手をつけぬまま、帰って行った。

黙然《もくねん》と源太夫が飲んでいると、子供たちを寝かしつけたみつがやって来たが、なぜか姿を消した。その理由はすぐにわかった。ほどなく、猪口《ちょこ》を手に現れたからである。

「わたしもいただいてよろしいかしら」

「……！」

「それほど驚かれることでしょうか」

「飲めるのか」

「三献《さんこん》の儀でいただきましたよ。お忘れですのね」

夫婦固めの盃《さかずき》は、飲酒のうちに入らないだろうが、飲めるのならそれに越したことはない。

「であれば、これからは晩酌に付きあうがよかろう」

「夫婦で毎晩大酒《たいしゅ》していては、お弟子さんにも子供たちにも示しがつきません」

「わしも毎晩飲むわけではないし、いつも大酒しておるわけではない」

「嘉一郎どのがお見えになられたのは、初めてでございますね。圭二郎どののことでしょうか」

やはりそれが気になっていたのだな、と源太夫は納得した。十歳で入門した圭二郎が孤立していたのを、みつはよく面倒を見たし、家禄を四分の一に減らされたのを知ると、なんとか旧に復せないかと気を揉んでいたのである。

――話してみるか。どうせ一人で考えても解決は付かん。それにみつなら他言する心配はない。

「実は、な」

そう前置きして、源太夫は一部始終を語った。みつはしきりと大村家の不運を気の毒がり、途中からは薄っすらと涙さえ浮かべた。

源太夫が話し終えると、みつはしばらく黙ったままであった。当然ながら、いい考えがあるわけがないのである。しかし、圭二郎に関しては、暴走するようなことは絶対にありえないと断言した。

「入門したときは十歳でしたけれど、その翌年、鯉を捕らえたいという一心で、道場に住みこみ、朝の七ツという暗いうちから一刻、一日も欠かさず藤ヶ淵に出かけたのですよ。十一歳の子供にできることではありません。そしてひと夏かけて、釣りあげました。圭二郎どのは、自分で決めたことはかならず成し遂げます」

「嘉一郎が心配しておるのは、綾部善之助が嘉一郎に打ち明けたことを、林甚五兵衛が知らぬと言うことだ。知らねば警戒もすまい。圭二郎が林の隙を見て、それでもがまんできるかどうか。父の無念を晴らしたいとの思いで、凝り固まっておるのだ」

「圭二郎どのは絶対に大丈夫です」

「絶対に、とは申したな」

「はい。師匠とお弟子さんは、父と子も同然でしょう」

「ああ、そうだ」

「ご自分の子供を信じてあげてください。人は本当に親《ちか》しい人に信じてもらえなくて、どうして生きてゆけるでしょう」

「わしはなんとしても、圭二郎に仇を討たせたい」

そのためには藩主に仇討免許状を書いてもらわねばならないのだが、その手立てがないのである。どうにもこうにも、もどかしくてならない。

そのような経緯《いきさつ》があって、数日間迷った末に、源太夫は芦原讃岐《あしはらさぬき》に相談したのであった。事情に通じ、力を貸してもらえるとなると、讃岐以外には考えられなかったからである。


「そいつはむりというものだぜ、新八郎《しんぱちろう》さんよ」

源太夫と讃岐は、料理屋「花かげ」の奥まった座敷で、差し向かいで飲んでいた。道場主と中老としてではなく、ともに日向《ひゅうが》道場で学んだ相弟子として、相談に乗ってもらいたいのだと持ちかけたら、気持よく受けてくれたのである。

新八郎というのはそのころの源太夫の名で、讃岐は当時弥一郎《やいちろう》と言っていた。源太夫が事情を話すなり、讃岐は長い沈思黙考に入ったが、その挙げ句に出てきたのがその返辞であった。

この男が砕けた言い方をするのは、それだけ事態が深刻なことを意味していた。一つの案がよくないとなると、普段なら次々といくらでも代案を出してくるほど頭の回転が速い芦原讃岐である。その讃岐にしてはかれらしくなかったし、煮え切らない。あるいは中老の讃岐ならいい知恵があるかもしれないと期待していただけに、源太夫は落胆せずにはいられなかった。

相談の用件は言うまでもないが、圭二郎と大村一家の件である。

源太夫には讃岐が、しばらく見ぬ間に少し痩せたように感じられた。芦原讃岐と言えば、丸々と肥え太り、顔の肌艶《はだつや》もよくて活気にあふれていたものだが、それが感じられなかったのである。

中老という職がそれだけ激務なのか、あるいは年齢的なものかもしれないが、以前に較べると覇気《はき》に欠けているように、感じられてならない。

もちろん、ただちに解決の糸口につながるとは考えてもいなかったが、中老の口からどう考えてもむりだと言われると、さすがに気落ちせずにはいられない。とはいっても、引きさがるわけにはいかなかった。

「藩士が重職に斬られたうえ罪をかぶせられ、家族が塗炭《とたん》の苦しみを舐《な》めさせられた。こんなことがうやむやなままで終わっては、藩士はなにを信じ、なんのために命を賭《と》すればいいのだ」

「正論だ」きっぱりと讃岐は言った。「だが、容易に明らかにできるわけではない。綾部善之助は死んでしもうたが、問題はそれだけではないからな。林は七年前に二百五十石から百石を減らされ、一年の閉門の処分を受けている。閉門が解けても復職がならぬばかりか、隠居させられた」

「それは筆頭家老稲川に加担したためであって、今回明らかになった問題は、それとは別でないのか」

「一度処罰を受けた者の罪を、問いなおすことはできん。政敵を追い落とし」

「大村庄兵衛どのは、林甚五兵衛の政敵なんぞではない」

「二人のことを云々《うんぬん》しておるのではのうて、問題は政《まつりごと》の仕組みにあると言いたいのだ」

讃岐に苦笑され、源太夫はいつになくムキになっている自分に気づいた。昔の道場仲間とはいえ、いやそれだけに、どことなくばつが悪い。

讃岐によると、要はこういうことなのである。

政敵を追い落とした者が、のちの報復を恐れるあまり、それを機会に敵手《あいて》を徹底的に叩きのめし、再起不能にしようと考えることは十分にありうる。そのためには罪を洗いなおし、場合によってはでっちあげる可能性すら、考えられぬことではない。策謀をめぐらして老職にのしあがるような者は、どのような事情で、自分が標的にされるかもしれないと危惧《きぐ》するものだ。そのため好機到来とばかり、政敵を叩きのめさなくては安心していられない。

そのようなことが起こらぬためにも、決定した処分に対し、再度調べなおすことはしないのである。

「調べなおしではのうて、別件だろう」

「だが、殿から仇討免許状はおりぬ。死期が迫ったのを感じて打ち明けたのだから、綾部の言ったことは真実だろう。しかし、綾部は死んだし、明らかにできる証拠はなに一つとしてない」

「ほかに手はないのか」

「私闘は喧嘩両成敗が武家の御法度だ。幸いなことに倒せたとしても、腹を切らねばならん」

「それでは犬死にだ。そんなことはさせられん」

「免許状なしでの方法がないこともないが、無条件というわけにはいかん」

「果たし合いだな」

「そうだ。相手も同意してのことゆえ、喧嘩両成敗からは除外される。ただし、相手が応じなければ成立せん。とんでもない言いがかりだと拒絶されたら、どうなる。そこで後に引くことはできん。当然、斬りあいとなる。運よく討ち果たせても私闘だ。喧嘩両成敗となって、腹を切らねばならん」

「なんとかして、仇討免許状を手に入れたいのだ。だめなら直訴してでも」

「無茶を言うな。殿を困った立場に追いこむことになる」

「……？」

「岩倉源太夫は、七年前に稲川一派という膿《うみ》を出して、藩を改革したおりの功労者だ。中老だった新《あらた》野《の》平左衛門《へいざえもん》さまの密書を、御側用人的場《まとば》彦之丞《ひこのじょう》どのに届ける大役を果たしている。時の筆頭家老稲川八郎兵衛の刺客を倒し、書類を無事に届けたからこそ藩の改革は成った。だからと申して、そのために特例を設《もう》けることはできんのだ」

「…………」

「わしも考えてはみるが、あまり期待せんでくれよ。手がかりが、なに一つとしてないのだからな」

五

「早いものだ。藤ヶ淵で大鯉を釣りあげてから、五年になる」

圭二郎をまえにして、源太夫はそう切り出した。稽古にけりがついたので、母屋にもどり弟子を呼んだのである。どんな話があるのだろうと思っていたらしく、圭二郎は一瞬、怪訝な表情を浮かべてから静かに訂正した。

「釣り落として、です」

「そうだったな。だが、それでよかった」

「……？」

「釣りあげておれば、圭二郎はそれこそ天狗《てんぐ》になって、鼻持ちならん若造になっておったやもしれん」

「いえ、それはありません」

「いやにはっきりと言うではないか」

「撓《たわ》めば、先生が矯正《なお》してくれますから」

「木の質がよくなければ、撓めれば折れてしまう」

「………」

「なるほど、ずいぶん撓んだが圭二郎は折れなんだな」

みつが茶菓を二人のまえに置き、一礼してさがった。師匠と弟子は、無言のまま茶を啜《すす》ったが、茶碗をもどすと源太夫は言った。

「母上や兄者《あにじゃ》ともよく相談したが、明日より、明けの七ツから特別稽古をつけることにした」

「……？」

「五年まえとおなじように道場に住みこめ。ただし、あのときは三月あまりであったが、此度《こたび》は相当に長くなる。一年、いや、場合によっては二年を超えるやも知れん。圭二郎が林甚五兵衛を倒せる腕になるまで、続けることになる」

「は、林甚五兵衛！　……で、ですが。なぜ、それを」

「弟子のことがわからいで、師匠が務まるか」

「おそれいります。としましても、いかにして」

「おまえの目の色が変わったのでわかった。嘉一郎が綾部どのの屋敷に呼ばれた、翌日のことだ。驚くことはない。おまえがとぼけたので、嘉一郎に聞いて事情を知った」

源太夫は母親や嘉一郎と相談し、圭二郎を再度、道場に住みこませることにした理由を簡単に話した。

藩主に仇討免許状を書いてもらうことは、中老の芦原讃岐でさえ策がないのである。一介の道場主にすぎぬ源太夫には、まさにお手あげであった。

となると次善策として、林甚五兵衛に果たし状を叩きつけ、応じざるを得ないようにしなければならない。これ自体、相当に困難なことであったが、仇討免許状が当てにできぬとなると、ほかに方策はなかった。

だがなによりの問題は、林が応じたときに圭二郎が倒せなければ、意味がないということであった。

道場には旧稲川派や、林に近い藩士、そしてその子弟もいる。圭二郎を特別に鍛えていることを、気づかれてはならなかった。

引き立てて稽古しているからと言って、それが林甚五兵衛を討つためだと思うものはいないはずだ。ただし、なにかの雑談の折に、岩倉源太夫が大村庄兵衛の次男圭二郎を特別に鍛えている、との噂が林の耳に入らぬとも限らないのである。身に覚えのある林は、当然、警戒するようになるだろう。

また数馬や才二郎をはじめとして、ほかの弟子たちに圭二郎一人を特別扱いしていると思わせてもならなかった。みつに師匠と弟子は父子のようなものだと言われてから、源太夫はそれまで以上に、弟子に対して平等に接するようにしていたのである。

「毎朝《まいちょう》七ツより半刻、一日も休まずおこなう。厳しいからな。弱音を吐くではないぞ」

「はい！」

弟子の早い者は六ツ（六時）に道場に来るが、そのまえに常に何人かが拭き掃除などをして、準備を整えていた。

体格もよく稽古熱心な大村圭二郎は、だれもが驚くほどの勢いで名札の位置をあげたが、それでも六ツの少しまえに来て、道場を拭き清めていたのである。名札に関係なく、自分が若いことをわきまえていたからだ。

それが若い弟子たちに与える影響には、計り知れないものがあった。藤村勇太のように圭二郎を慕い、あるいは見習って早くから道場に来る者が増えていた。

「わたしたちがやりますので、お休みください」

「いっしょにやろう。道場を清めれば、気持よく稽古できるからな」

圭二郎が陰日向《かげひなた》なく務めているので、早朝の稽古が不自然でなくなる。七ツより半刻、集中して鍛え、井戸端で汗を拭いてひと休みしたところに、若い連中が集まって来る。だれも、圭二郎が特別に稽古をつけてもらっているとは、思いもしないだろう。

「道場に住みこむことについて、とやかく言う者がいるかもしれません」

「権助が齢のせいで軍鶏の世話がきつくなったため、手伝うのだと言っておけ」

「権助が知ったら怒りますね」

師弟は顔を見あわせて笑ったが、すぐに真顔となった。

源太夫が藤村勇太を呼んで、恵海和尚の都合を聞きに正願寺に走らせると、その夜は空いているとのことである。

いつもより早い六ツ半に、源太夫は一升徳利をさげて、寺町の北のはずれにある正願寺の山門を潜った。

恵海はすでに碁盤を出して待っていたが、棋譜を拡げていたところを見ると、どうやら独習していたようだ。このところ勝負は伯仲《はくちゅう》していた。このままでは源太夫に追い抜かれるとの、危機感があるのかもしれない。

「今日はこれだけに」

源太夫は紐を握ったまま、徳利を恵海のまえに突き出した。それから和尚の向かいに腰をおろし、胡坐《あぐら》を組んだ。

「恐れをなしましたか。急に使いを寄こすので、烏鷺《うろ》の争いがしとうて、耐えられぬようになったのであろうと、愚考しておりましたが」

「明朝より毎日、七ツから欠かさず稽古をつけることになりましたので、これまでのように、四ツ（午後十時）や九ツ（零時）まで打っておるわけにいかなくなりました。それがしも四十の半ばをすぎましたのでな」

「であれば、いと容易《たやす》きこと」

「……？」

「打ち掛けにすれば、なんの問題もありません。時間まで打ち、次回、その続きから始めればよろしい」

「なるほど、そういう方法がありましたか。しかし」

「……ん？」

「ということは、碁盤をそのままにしておくということですな」

「さよう」

「わたしは帰り、当然だが和尚は残られる」

「泊まってゆかれてもかまいませんぞ」

「それができぬから、打てぬと申しておるのだが」

源太夫は苦笑したが、恵海はとぼけて、

「すると、なにか障《さわ》りでも」

「わたしがいなくなってから、和尚は心ゆくまで検討できるわけだ」

「なにかと思えばそのことですか。普通の相手ではそれが通じるかもしれんが、こと岩倉どのとなると、やっても、とんと意味がありません」

「これまたいかに」

「拙僧が岩倉どのの次の一手を読んで打っても、かならず裏をかかれる。であれば、熟考は時間のむだでしょう」

「常識をはずれておるという皮肉ですか」

「とんでもない。常識を超えておられるということです」

「うまくはずされたが、ならば検討の余地もありますな」

「さよう、なにも二回で打ち終える必要はない。三回でも四回でもいいのです」

「なるほど。一度で決着をつけねばならぬ、ということでもない」

「よっく、おわかりで。なら、さっそく始めるとしますか」

結局、その夜も盤を囲むことになった。

「闘わずしてすませるための剣はその後、いかがですな」

「と、出鼻を挫《くじ》くのが和尚の定法《じょうほう》となったようですが、月並みとなりますと、効果はありませんぞ」

「拙僧、闘わずして負けるのではないかと、恐れておるのです」

「闘わずして勝つというのは、胸に描いておるうちはよろしいが、実現はほど遠いということをしみじみと感じております」

「それでもおやりになる?」

「和尚のおっしゃられたとおり、一人を負かせば二人の新手《あらて》が現れる」

「百戦百勝は善の善なる者に非《あら》ず」

「戦わずして人の兵を屈するは善の善なる者なり」

「孫子《そんし》も、それが夢のまた夢であることは、わかっていたのでしょうな」

などと言いながら打ち進み、白番の源太夫が劫《こう》を挑んだところで、打ち掛けとなった。

それまでは五ツごろに寺に行き、四ツか四ツ半まで碁を打ち、勝負がつくと酒となるのが常であった。

だが、これからはその日とおなじように、六ツ半に正願寺を訪れて五ツくらいまで碁盤を囲むことに決まった。そして酒を飲み、源太夫は五ツ半には引きあげるのである。

酒量も減らすことにした。それまでは二人で一升を飲んでいたが、以後は五合で切りあげることにしたのだ。

その方法であれば、五日から旬日くらいの間隔で碁も打てるし、酒も飲める。しかも翌朝の起床や指導にも、影響しないはずであった。

六

闘わずしてすませることができるまで、己《おの》が剣を磨き強くなるのが源太夫の究極の目的であるが、ことほどさように簡単ではない。

恵海和尚が言ったように、一人を倒せば二人が挑んでくる。二人を倒せば四人と、鼠《ねずみ》算式に増える計算で、その連鎖を断ち切るのは容易なことではなさそうだ。

源太夫は果たし合いを挑まれてある男を討ち果たしたが、三月もせぬうちにそれを知った剣術遣いが、園瀬の里に現れたのである。

一手お手あわせ願いたいと道場にやって来た男は、

「喰いつめ浪人で川萩伝三郎《かわはぎでんざぶろう》と申す」

そう名乗ったが、岩倉源太夫は信じたわけではない。武尾福太郎《ぶおふくたろう》を倒したときも、町奉行配下の同心が調べたにもかかわらず、身許《みもと》はいっさいわからなかったからだ。本名か偽名かすらたしかめられず、しかたなく源太夫は正願寺の恵海和尚に読経を頼み、無縁墓に葬ってもらったのである。

しかし、川萩が喰いつめ浪人だということは、どうやら事実であるらしい。鳶《とび》色をした太織縞《ふとおりじま》の小袖、茶の縞柄の打裂《ぶっさき》羽織、縞木綿の袴は、どれも相当にくたびれていたし、大小の鞘《さや》も塗りがあちこち剝げていた。

齢は三十代の半ば、というところであろうか。中背でやや細身の体だが、かなり鍛えているらしいのは、いっさいのむだがない動きからもわかった。

「しかし、なぜこのような南国の片田舎《かたいなか》にまで、わざわざ」

「霜八川刻斎《しもやかわこくさい》を倒されたと、仄聞《そくぶん》しましたのでな」

「……？」

「いかがなされた」

「初めて聞く名だ」

「おたわむれを」

「川萩どのは、どなたかと勘ちがいされておられるらしい」

「岩倉源太夫どのですな」

「さよう」

「ならば、まちがいござらん。秘剣蹴殺しとやらで、それもたった一撃のもとに」

「蹴殺しならたしかにみどもであるが、……されど、その名にはとんと覚えが」

源太夫が冗談を言っているように見えないからだろう、相手もさすがに変だと気づいたらしい。

「馬庭《まにわねん》念流の遣い手で」

「馬庭念流？」

「旗本の秋山なにがしとやらが送りこんだ刺客の」

「あ、ああ、あの男でござるか」

そこで初めて源太夫は、かれが果たし合いを挑まれ、並木の馬場で倒した男の名が、霜八川刻斎だと知ったのである。蹴殺しで倒すのでよく見ておくようにと、柏崎数馬と東野才二郎に念を押して対決した武士の名であった。

身許を明かすようなものを、いっさい身に帯びていないのは、武尾福太郎のときとおなじであった。三月まえには名前さえわからなかった霜八川刻斎も、恵海和尚に頼んで経をあげてもらい、武尾とおなじ無縁墓に葬ってもらったのである。

「名も知らずに、果たし合いに応じたのでござるか」

今度は川萩が驚く番であった。

「訊いたのだが、その意味なしと名乗らなんだのでな。「旗本秋山勢右衛門どのに頼まれ、命を頂戴に参った。そう申しただけだ」

「果たし合いに際して、名を名乗らぬ武士がいたとは驚きだが、それを平気な顔で受けた武士がいたというのは、さらなる驚きでござるよ」

川萩がそう言って笑ったので、源太夫も苦笑せずにはいられなかった。

「して果たし状には」

「秋山勢右衛門と」

「依頼主の名ですな」

「さよう。端《はな》から名乗るつもりはなかったのだ」

二人は見所《けんじょ》に坐って話していたが、弟子たちも気になるらしく、ちらちらと視線を走らせていた。稽古をしながら、聞き耳を立てているのである。

霜八川刻斎は馬庭念流の免許皆伝の腕を持っていたのだが、いつしか敵手を倒すこと、いや完膚《かんぷ》無きまでに叩きのめすことにのみ、執着するようになったため破門された。

馬庭念流は、本来が守りと粘《ねば》りの剣法である。さんざん相手に打ちこませ、それを凌《しの》ぎながら、一瞬の隙を衝《つ》いて反撃に転じる点に特徴があった。

そのため、入門するとまず米糊付《そくいづけ》を習得しなければならない。刀身を相手の刀身と糊で貼り付けたように絡めて、粘りに粘る、文字どおりの技であった。初心者は稽古中、ただひたすらにそれを繰り返すのである。

最初のうちは、そんなことをしてなにが身に付くのかと思うが、その反復によって、ときとともに多くのものが見えるようになるのであった。それは間であり、押しと引きであり、ずらしである。それらの動きの前兆が相手の呼吸に現れることが、繰り返しの中で自然とわかるようになる。

同時に腕、腹、腰、そして腿に、過酷な闘いに耐えられるだけの筋肉がつくのであった。が、最大の収穫は、どのような状態にも耐え抜いてがまんできる、粘り強さが身に付くことだろう。

その基本技を身に付けると、木刀をあわせることなく相手の内懐に飛びこむ、脱《ぬけ》に進めるのだ。

そのような流派が、霜八川刻斎を容認できるわけがない。破門は当然の処置であろう。

「しかし霜八川は、それで反省するような男ではござらん。破門されたことによって、まるで箍《たが》がはずれでもしたように、やりたい放題をやるようになったとのことです」

「糸の切れた凧《たこ》のごとく」

「さよう」

町の道場に出かけては試合を申しこみ、ことわれば「恐れをなしたか」と嘲弄《ちょうろう》する。受ければ、まるで狂ったように徹底的に打ちのめす。

「参った」と敗《ま》けを告げても無視して打ちかかるため、怪我人が出るのは当然であった。骨を折り、指を砕き、咽喉仏《のどぼとけ》を突き潰し、果ては流血の沙汰となる。道場中が騒然となるのも、むりはないだろう。

こうなっては、道場側も黙ってはいられない。数を恃《たの》んで闇討ちにするのだが、それこそ霜八川刻斎のねらいであった。容赦せずに白刃《はくじん》を振るう。

「そのようにして霜八川は、斬り殺すことに異常な快感を覚えるようになったのだろう」

「腕が立つだけに始末に負えない」

「そういうことだ」

悪名のひろまるのは早い。霜八川が来ると道場主は居留守を使い、弟子が別室に呼んで金の包みを渡す。当たりまえのように受け取ると、「あるじのいるときに、改めて参ると伝えておけ」と捨台詞《すてぜりふ》して、道場を去るのであった。「居留守を使《つこ》うておることくらい、先刻承知であるぞ」とせせら笑っているようで、なんとも気味が悪い。

だから江戸中の道場のほとんどが、戦々兢々《せんせんきょうきょう》とならざるをえなかったのである。

ところがその霜八川が急に姿を見せなくなったので、道場主たちは胸を撫でおろすことができた。

「それはまたいかなる理由でか」

「かの男の歓《よろこ》びは、人を斬ることにある。いや、斬り殺すことにのみ、と申したほうがいいだろうな」

あとの斬りあいを楽しみに道場荒らしに出かけても、金を包まれて相手をしてくれないのである。霜八川にとっては、肩透《かたす》かしを喰ったような気分だろう。

つまらなく思うようになったころ、刺客の依頼が入るようになったらしい、と川萩は言った。人を斬れるだけでなく、金が入るとなると、霜八川にとってそれほど好都合なことはなかったはずだ。

　刺客を引き受けることになったのだが、武芸者としての矜持《きょうじ》が少しはあるらしかった。なぜなら腕の立つ相手で、しかも高額な謝礼でなければ、受けなかったからである。

　噂ではあるが、刺客をたのまれて斬った相手は、十指をくだらぬらしい。それを知り、かれを倒して名をあげようと何人もが挑んだが、ことごとく返り討ちに遭ったとのことである。

　その霜八川刻斎を倒したことで、武芸者のあいだで岩倉源太夫の名は轟《とどろ》き渡ったのだと、川萩は言った。当の本人が知らないうちに、である。

「それがしは、あの男を倒すことのみを考えて、ひたすら励んでまいった」

「それで霜八川の代理で拙者に」

「代理などではござらん。目標にしていた武芸者を倒したのですからな、かくなる上は、是が非でも一手」

「…………」

　容易に仕官が叶わぬことを痛いほど思い知らされた川萩は、霜八川刻斎を倒して一気に名を高めたいと思ったのだろう。運が良ければ仕官の道が開けるかもしれないし、そうでなくとも、高額での刺客の依頼があると考えたのかもしれない。

ところが目標としていた霜八川は、南国の園瀬という小藩の、岩倉源太夫なる名もなき剣士に倒されたのである。それによって源太夫は一気に名を高めたが、本来ならそうなるのは自分であったのだ、との思いが川萩にはあるのだろう。

とすればこの男が、岩倉源太夫を倒す以外に名を高める方法はないと思い詰めるのは、当然のことかもしれない。

「得物《えもの》は」

源太夫がそう問うと、逆に川萩が訊き返した。

「望みの武器がおありか」

「貴公にあれば」

「わが望みは、岩倉源太夫どのに打ち勝つこと。霜八川刻斎を倒した岩倉どのにな。もちろん、真剣であろうとかまわぬ」

「みどもに勝てばいいのであれば、竹刀でもよろしかろう」

「もちろん。ただし」

「……?」

「面籠手《めんこて》なしでねがいたい」

「けっこうだ」

おおきな声を出していたわけではないが、弟子たちは事情を察したらしい。全員が稽古を中断して、二人を注視していた。

源太夫が立つと、川萩もつられたように立った。

「川萩伝三郎どのである」

紹介された川萩が会釈すると、弟子たちも黙ったまま一礼した。

「所望されたので、手合わせすることになった」

源太夫の言葉に、弟子たちは整然と壁際に移り、静かに正座した。川萩は礼儀正しさに感心したらしく、思わず笑顔になった。

壁の竹刀架けから無造作に一本を選ぶと、源太夫は柄をそろえて川萩に差し出した。相手は調べもせずに一本を手にすると、何度か右手で素振《すぶ》りをくれた。

防具なしでとの希望なので、準備はいらない。

「蹴殺しでねがいたい」

対峙した二人が礼をすると、川萩がそう言った。弟子たちは思わず腰を浮かせそうになったが、

「承知」

源太夫が受けたのである。

蹴殺しと聞いて、弟子たちが息を呑むのがわかった。なぜならそれは、かれらにすれば一度は見たいと願っていた、師の編み出した幻の秘剣だったからだ。

その技を見たのは、柏崎数馬と東野才二郎の二人だけであった。かれらは源太夫が大谷馬之介を一撃で倒したとき、あまりのすばやさに、なにが起きたのかわからなかったのである。

その後、源太夫の教えた鍛練法を習得し、かれが件《くだん》の刺客、霜八川刻斎を蹴殺しで倒したときには、二人はその一部始終を見ることができた。ほかの弟子たちにせがまれて、数馬と才二郎は繰り返し、蹴殺しの凄まじさを話していた。

だが、話として聞いただけではわからない。いつか見てみたいものだと、だれもが思う。

いかなる技だろう。そして自分は師匠の電撃の早技を、見ることができるだろうかと、弟子たちはさんざんに想像をめぐらせてきたはずだ。それが思いもよらないときに、思いもかけない事情で実現するのである。

弟子たちが目を凝らして見守る中で、源太夫と伝三郎は極めて静かに対峙した。あまりにも自然で、勝負で対決しているとは思えないほどである。

源太夫は川萩伝三郎がかなりおおきく足を開き、竹刀を前方斜めにおろしているのを見てとった。竹刀を支点に体を三角形にする型は、馬庭念流の基本の構えに近い。もちろん川萩独自の工夫が、なされているのであろう。

二人は相手に流派を告げなかったが、あるいは川萩は、馬庭念流を遣うのかもしれなかった。

ちらりとそのような思いが脳裡《のうり》を過《よぎ》りはしたが、それに惑わされることはない。源太夫は、一点を見ながら全体を見、全体を見ながら一点を見据えている。

――動く。

川萩が仕掛けるよりも一瞬早く、源太夫は怒濤《どとう》の打ちこみをすると見せかけて、そのままの姿勢で後退した。源太夫の攻めを受けて逆襲に転じようと考えていた川萩に、一瞬の迷いが生じた。

だが、源太夫の後退に乗じて伝三郎が一気に打ちかかろうとしたその刹那《せつな》、体重を乗せた源太夫の反撃が繰り出されていた。

霜八川刻斎に用いたのと、まったくおなじ蹴殺しであった。

伝三郎は道場の床に叩きつけられたが、さすがである。一回転して立ちあがると、正眼に構えていた。

「もう一番」

源太夫はうなずいたが、今度はさらに長い時間が流れた。

両者とも、まったく動かなかった。

瞬きもしない。

呼吸すら、していないのではないかと思うほどである。

弟子たちも息を詰めて、ひたすら凝視《ぎようし》するだけであった。

どれだけの時間が流れたであろうか。長い時間と思えたが、あるいは意外と短い時間であったかもしれない。まるで、時が静止したかのようであった。

耐えられなくなったのは、川萩のほうである。顔が赧《あか》くなり、それが時間とともに褪《あ》せて白く色変わりし、やがて蒼《あお》くなった。

そして顔面から、汗が滴《したた》り落ち始めた。腋《わき》の下、さらに背中の着物が、いつしか濃く変色していた。

「参った!」

絞り出すような伝三郎の言葉に、源太夫は静かにうなずいた。

フーッとおおきな音がしたのは、弟子たちが一斉に息を吐いたためである。

「霜八川刻斎をたった一撃で倒したと聞いても、まさかと思うておりましたが、それが真実《まこと》だとわかりました。いかがでござろう、それがしを弟子にしていただけませぬか」

「気の毒だが、それはできぬ」

「……？」

「当道場は藩主九頭目隆頼さまに、藩士およびその子弟を教導するようにと、与えられたものなのでな」

「しかし、見せていただくだけならかまわぬであろう。お願い申す。……弟子がむりなら、下男として使っていただけぬか」

「下男ならおるし、もう一人雇う余裕なんぞない」

「給銀はなくてもけっこう」

「数馬、才二郎」

「はい」

源太夫の声に二人の弟子が進み出た。

「川萩どのに茶をさしあげようと思うので、あとはまかせる」

「かしこまりました」

「弟子たちは稽古があるのでな」と源太夫は川萩をうながした。「母屋で茶でも一服んと叩いた。

いたそう」

うなずいた川萩は、むきになったことに羞恥《しゅうち》したらしく、掌《てのひら》でうしろ首をぱんぱ

七

まるで馬庭念流の米糊付のように、川萩伝三郎は粘りに粘ったが、ついには諦めたらしい。手あわせの礼を述べると、

「修行して出直して参る。そのおりには、改めて」

「承知した」

川萩は一礼すると帰って行ったが、なんと道場に顔を出したらしい。あとになって数馬と才二郎が、稽古の報告に母屋に来たのでわかったのである。

「無礼つかまつった」と声をかけ、川萩は言った。「みんな、いい師匠を持って幸せだな」

弟子たちがあっけにとられていると、かれは右手をおおきく挙げた。

「では、御免《ごめん》。さらば」

弟子たちは顔を見あわせていたが、やがてその顔にじわじわと笑いが浮かび、その状態がかなり長く続いてから、爆発しそうになる直前、かろうじて数馬が制した。背後で爆笑されては、川萩は気分を害するはずである。

真っ赤に染まった顔をして、全員が数馬の指先を凝視していた。それがいつまで経ってもゆらゆらと空中を漂っていたが、

「それ一、二、三、せーの！」

数馬の手が勢いよく振りおろされると、道場が爆笑で満たされるかと思いきや、もれたのはわずかな、くすくすとした笑いだけであった。

「ばからしくて、笑う気にもならなかったのですよ」

才二郎が言うと、数馬はにやりと笑った。

「それがねらいだったのだ」

「武尾どのもそうであったが、川萩どのも悪い人物ではないのだろう」

源太夫は思わず呟いた。つまり武芸のことしか頭にない連中には、単純で子供っぽい一面を持ちあわせている者もいる、ということである。

——その筆頭は、ほかならぬ岩倉源太夫だな。

含み笑いをした源太夫がわれに返ると、数馬と才二郎が戸惑ったような顔をして見

ていた。

「ところで、蹴殺しを見ることができた者はいたか」

「いえ、われらだけでした」そう言ってから数馬は続けた。「ほかの者はなにが起きたのか、まるでわからなんだそうです。あっと思ったときには、川萩どのが倒れ、すぐに起きあがって、再度挑まれた。そちらはわかったようですが」

「それが見えいで、どうする」

「いや、黙っていたのが一人おりました」

才二郎が言ったので、

「圭二郎だな」

「なぜおわかりですか、先生」

不思議そうな顔で才二郎が訊いた。

「圭二郎は人一倍負けん気が強い。かなり見えたのだろうが、完璧に見えたわけではない。それが黙《だんま》りの理由だ。才二郎と数馬に見えて、自分には一部しかわからなんだのが、悔しゅうてならんのだろう」

「なるほど、そういうことですか」と感心してから数馬は続けた。「ところで先生。蹴殺しを遣われましたね」

「ああ、見てのとおりだ」

「秘剣の蹴殺しですね」

源太夫は数馬を見、それから才二郎に目を移し、ふたたび数馬を見、愉快でたまらぬとでも言いたそうな顔になった。

「それが訊きたくて、雁首《がんくび》をそろえて参ったのだな。なるほど、そういうことであったか」

「……！」

「わしが霜八川刻斎、……と申してもわからんな」

「いえ、道場でのお二人のお話を、洩れ聞いておりましたので」

「なら、話は早い。あの男を倒したおり、わしは二人に申した。秘剣唾棄《だき》すべし、そして恐るに足らず、と」

「はい」

弟子は声をそろえてうなずいた。

「唾棄すべき秘剣をなぜ遣《つこ》うたのか、ということだな」

「そうです」

「川萩どのに所望されたからだ」

「ですが、秘剣唾棄すべしと弟子に言った以上、遣えぬと、ことわることはできたと思います」

「だがわしは受けた」

「……！」

「別に矛盾《むじゅん》はしとらん」

「……？」

「なぜかということを、考えてみたか」

「はい」と答え、数馬は才二郎を一瞥《いちべつ》してから続けた。「意味がわからないので、二人であれこれ話したのですが、謎が深まるばかりです」

源太夫は腕を拱いて、しばらくのあいだ目を閉じた。

「話してもわからんだろうが、こういうことだ」と、目を開けて二人を交互に見た。「蹴殺しは秘剣を超えた。ゆえに、もはや秘剣ではない」

目を白黒させて顔を見あわせ、それから二人の弟子は考えこんでしまった。数馬は眉間《みけん》に縦皺《たてじわ》を刻み、才二郎は握り拳を顎に押し当てている。

おおきな溜息をついてから、数馬は何度も首を振った。

「わたしには、わかりません」

「当然だ。だから、話してもわからんだろうと申した」

「……！」

「わかるときがきたら、自然とわかる。今はまだ、技の蹴殺ししか見えておらんのだ。二人ともな」

霜八川刻斎を倒したことで、武芸者のあいだで岩倉源太夫の名は轟き渡った、と川萩伝三郎は言った。ずいぶんと大袈裟《おおげさ》な物言いをすると思ったが、強《あなが》ちそうでもないのかもしれない。

十日後には、別の剣術遣いが道場を訪れたのである。

奈良崎左右平《ならさきそうへい》と名乗ったが、いかにも偽名らしい。ただし、川萩に比べると小ざっぱりしていた。大柄であったが、おそろしく無口で、必要なことしか話さない男である。

名を告げ、霜八川刻斎を倒した岩倉源太夫にまちがいないかとたしかめ、ひと勝負ねがいたいと言った。

そのあとで交わされたのは、

「竹刀でよろしいか」

「木剣」

二人が向き合うと一礼し、

「蹴殺しで」

「承知」

奈良崎は正眼に構えたまま微動もしない。源太夫は肩幅に足を開き、右手に持った木剣をだらりと垂らし、膝をわずかに曲げていた。

その瞬間、源太夫は閃いたのである。「秘剣唾棄すべし、そして恐るに足らず」の意味を、弟子たちにわからせる一番いい方法を。

となると、迷いはない。源太夫はかすかに笑いを浮かべた。

相手の剣先が、ゆっくりとあげられてゆく。

――跳ぶな。

と思うと同時に、奈良崎は木剣を振りかぶり、跳びあがった。長身を利しての上からの斬撃は、圧倒的に有利である。

だが、相手が振りおろしたとき、そこに源太夫の姿はなかった。地を這《は》うような低い姿勢で、奈良崎の胯間をすり抜け、床に足裏が着いたときには、その腰を強《したた》かに打ち据えていたのである。

低い姿勢ですり抜けざまに技を揮《ふる》うのは、盟友秋山精十郎《せいじゆうろう》の得意とするところであった。源太夫は意識せずに、それで相手を倒していたのである。

「参った」

それが、奈良崎が最後に発した言葉であった。しばらく腰を揉み、撫でていたが、一礼すると道場から出て行った。

「先生、なぜ蹴殺しを遣わなかったのですか」数馬の声には非難が含まれていた。

「奈良崎どのが望まれたのに」

「用いたぞ」

「しかし、先日の川萩どのとは」

「あれも蹴殺し、今日のも蹴殺しだ」

「……！」

「だから申したであろう。わかるときには自然とわかる、と。些細《ささい》なことにこだわらず、今はひたすら稽古に励め」

「はい」

そう答えはしたものの、数馬は釈然としないふうであった。

三日後にも一人やって来て、やはり蹴殺しでの勝負を望んだので源太夫は承諾した。得物は奈良崎とおなじく木剣である。

ところが火蓋《ひぶた》が切って落とされると同時に、源太夫は「ドン」と大音量で床を踏み鳴らし、次の瞬間には相手にぴたりと密着して、首に木剣を押し付けていた。

男は狼狽《ろうばい》の極みにあった。目を白黒させ、唖然として声を発することもできなかったのである。

いや、男だけではない。弟子たちも、狐に摘《つま》まれたような顔をしていた。それは数馬や才二郎にしてもおなじであった。前の二回は見ることができたかれらも、今回にかぎっては師の動きが見えていないことは、その目を見ればわかる。

随分と長い時間、男はただ茫然《ぼうぜん》としていたが、やがて掠《かす》れた声を発した。

「これが音に聞く蹴殺しでござるか」

「さよう。これも蹴殺し」

「これも?」

「そうだ。拙者の用いる技は、すべて蹴殺しということになる」

むしろそれは、男に対してではなく、数馬や才二郎、そして弟子たちに向けての言葉であった。

いや、今となっては、それを一番聞かせたいのは大村圭二郎である。

毎日のように通う弟子は限られているが、数馬と才二郎、そして圭二郎は、三人に対した三様の蹴殺しを見ている。しかも師匠の源太夫が、それをすべて蹴殺しだと言明したのであった。かれらはまちがいなく混乱しているはずである。わけがわからないにちがいない。

かれは若き日の盟友、秋山精十郎の協力を得て秘剣「蹴殺し」を編み出した。その要諦《ようてい》は、どのような相手のどのような攻撃に対しても対応し、しかも相手の力を利用して倍にして返すことによって、一撃のもとに倒すことにあった。

となると蹴殺しはかれの剣そのもの、延《ひ》いては源太夫そのものとなって、もはや秘剣ではないことになる。つまりある線を超えると秘剣ではなくなり、その剣士そのものとなってしまうということを、かれは弟子たちに伝えたかったのだ。

戦わずして勝つ。相手に剣を抜かせるまえに、決着をつける。いや、そのまえに勝負を終えてしまう。さらには、相手に挑む気持そのものを抱かせない。かれの究極の剣の目的を達成させる手段の一つ、そして根本、それが秘剣蹴殺しをはるかに超えた剣なのである。

源太夫は弟子たちの心に、ひと摘みの種麴《たねこうじ》を投げこんだ。やがてそれは発酵し、いつの日にか美酒《うまざけ》を醸《かも》すことだろう。

――気長にその日を待つとしよう。これも道場主の秘かな楽しみというものかもしれん。

八

それはともかくとして、大村圭二郎には早急に、林甚五兵衛に打ち勝つ力をつけさせねばならなかった。

武芸の神髄《しんずい》を極めさせるという長期的な目標と、林を倒せるだけの力量を備えさせるという短期的な目標を、併行して習得させねばならない。

圭二郎は源太夫が予想していたよりも、はるかに腕をあげていた。しかも稽古熱心で、かれ自身が投避稽古、矢躱稽古、梟猫稽古と名付けた鍛練も欠かさず続けている。

そこに、林甚五兵衛を倒すという、絶対的な大目標ができたのである。ますます真剣に取り組むだろうから、果たし合いで林を倒せるまでに腕をあげる日は、意外と早く来るかもしれなかった。

だが真剣勝負は、道場での稽古とはまったく別物である。

いかに特訓すべきか。

源太夫が熟考の末に出したのは、実技や理論から始めるのではなく、まず、話して聞かせることであった。

翌日の早朝、師匠岩倉源太夫が道場の板の間に正座すると、弟子の大村圭二郎も向き合って正座した。

「わしの剣との関わりから話すことにする」

口にこそ出さなかったが、圭二郎には予想外であったようだ。

「逸《はや》る気持もわからんではないが、ただがむしゃらに稽古をしたからとて、かならずしも腕があがるわけではない」

圭二郎はかすかにうなずいた。

源太夫は師匠の日向道場主の主水に、相弟子とうまくいっていないことを指摘され、であれば剣の腕を磨き、早めに息子に家督を譲り、隠居して道場を開き、好きな剣の道で生きろと忠告されたことから語り始めた。

日向主水と源太夫が、そして若き日の源太夫と自分が、重なりあう部分があるからだろう、圭二郎は何度もうなずきながら聞いている。

十八歳になった源太夫は道場一の腕となったが、主水の推薦もあって江戸勤番を命じられた。

師匠の紹介状を持って一刀流の椿《つばき》道場に入門し、そこで知り合ったのが、大身旗本の三男坊秋山精十郎である。

そして、精十郎に父親勢右衛門を紹介されたのだ。

「勢右衛門さまがわしの軍鶏の師匠だ」

「軍鶏侍の師匠なら、軍鶏師匠ですね」

「そういうことになるか。しかし、おもしろいことを言う」

源太夫は勢右衛門に鶏合わせを見せられ、これこそ剣法だと思ったことから始めた。なぜならそこには、攻撃のすべてが含まれていたからである。中でもかれが感じたのは、時間と距離における「間」の重要性であった。

間の取り方、間の詰め方、間の外し方、間を置かずに二段、三段に構えて相手に防御の余地を与えぬ連続技、……すべては間だと言っても過言ではなかった。

「しかしな、イカズチに巡りあわねば、蹴殺しは生まれなんだ。わしには一撃で倒すイカズチの技が、まるで見えなかった。五回」

「……？」

「五回目になって、ようよう見ることができたのだ」

「……！」

「圭二郎は何度も鶏合わせを見ておるが、軍鶏は最初、どう攻める」

「どの軍鶏も、少しでも高く跳びあがろうとします」

「そうだな。だが、なぜだ」

「上からの攻めが圧倒的に有利だからです。それは剣においてもおなじです。敵より高い位置、安定した足場、そして光を背後にすること。それが鉄則です」

「そのとおりだ。しかし、イカズチはそれをさらに有利にした。だからこそ、たった一撃で倒せたのだ」

「さらに、……と申しますと」

「イカズチは敵の裏をかいた」

　同時に跳びあがると見せるが、その振りをするだけで、逆に身を屈《かが》めるのである。当然いるはずの敵がいないため、爪による攻撃が空振りになった相手が着地する寸前に、イカズチはできるかぎり高く跳びあがるのだ。

　狼狽した敵があわてて跳ねるときには、はるかな高みにいる。そこに勢いをつけた相手が跳びあがってくるので、イカズチはみずからの体重を利して落下しながら、敵の頭に蹴爪《けづめ》を叩きつけるのであった。

「五度目になってようよう、わしはイカズチの技を見極めることができ、その威力を知って感嘆したのだ」

そこで閃いたのが蹴殺しだというところで、第一日目は終わった。

二日目は秋山精十郎の協力を得て、なんとか蹴殺しの技を完成させようとしたが、どうしても納得がいかない。そして軍鶏だからこそ高低に意味があるのではないか、とすれば、高低を前後に置き換えればいいのだ、と閃いたところまで。

ところが、実際にやってみると、こちらの描いている図式どおりにはならなかった。敵の動き、こちらの対応によって、かぎりなく変化するからである。だからといって、習得不可能と諦めるわけにもいかない。

試行錯誤の末に到達したのが、相手の動きを読むことだという結論であった。相手がどう出るかが予測できれば、一瞬早く動くことができるし、間をはずし、ずらすこともできる。それが狼狽を招けば相手は焦るし、迷いが生ずれば躊躇《ためら》いが生まれる。すると一気に挽回しようと、激した状態で攻撃に移るので、それに先んずれば、相手の攻めを利してそれを倍にして反撃できるのである。

これだけで三日かかった。

師弟は毎朝、半刻のあいだ道場に正座して過ごした。初日こそ対話があったが、二日目、三日目となると、ほとんど源太夫のみが淡々と語り続けたのである。

「実際の稽古はせなんだが、この三日間は決してむだではない」

「はい。しっかりと心に刻みこみました」

「そうか。では、忘れろ」

「忘れろ？　忘れるのでございますか」

「きれいさっぱり忘れろと言っているのではないし、そんなことができるわけがない。ただ、今は頭の中がわしの語ったことで一杯になって、渦《うず》を巻いておるはずだ。それでは次の稽古に移っても、身に付かん。箒《ほうき》で頭の中の言葉を、掃《は》き出してしまうのだ。からっぽにしておけば、無心で稽古ができる。忘れても、必要になればかならず思い出す。そういうものだ」

圭二郎は複雑な表情になったが、それが自然にほぐれると、莞爾《かんじ》として笑った。

「掃き出しましたので、からっぽになりました」

「素直すぎるが、……それはどちらかと言えば、欠点ではのうて、圭二郎の長所であろうな」

目付の岡本真一郎《おかもとしんいちろう》が持参した書面に目を通した芦原讃岐は、しばし黙考したのち顔をあげた。

「その同心の名はわかるのか」

「相田順一郎《あいだじゆんいちろう》です。なかなか有能な男で、あのあと、一時、帳繰方《ちようくり》などをやっておりましたが、ほどなく同心に呼びもどされました」

岡本の言う「あの」とは、七年まえの政変である。藩を私物化していた筆頭家老の稲川八郎兵衛を、中老だった新野《あらたの》平左衛門や側用人の的場彦之丞、そして目付の芦原弥一郎が中心となって追い落とした。

その功労で新野は家老となり、芦原は中老となって名を讃岐と改めていた。芦原のあとの目付に抜擢《ばつてき》されたのが、若手の岡本真一郎であった。

「話を聞いてもむだにはならんだろう」

「そう考えましたので確認しましたところ、綾部善之助どのが申したとおりでございました」

讃岐は満足そうな顔になり、先をうながした。

岡本の真意を測りかねたらしく、相田は言葉を選びながら、慎重に事実のみを伝えようとしていたそうである。

大村庄兵衛の死因が切腹ではなく、首の脈を切られたこと、遺骸が死亡した場所から二間半（約四・五メートル）ほど移されていることを、相田順一郎は一瞥しただけで見て取ったそうだ。

「一目見ただけでそこまでわかるのか」

驚いた岡本がそう言うと、

「見習いでも、その程度なら見抜けると思います」

「なぜそう判断した」

岡本真一郎の疑問に、相田は冷静に説明した。

庄兵衛の顔、首筋、そして頭髪は血にまみれ、羽織や小袖はぐっしょりと濡れているのに、寝かされた背後の地面はほとんど血で汚れていない。ところが腹からの出血は、さほど多くなかったのである。

さらに、二間半ほど離れた地面の土が、かなり広い範囲にわたり、ほかとは色がちがっていた。そのことから、庄兵衛の遺骸を移して、血を洗い流したのだろうと判断できる、と同心は解説した。

ところが話しているうちに、相田のようすが少しずつではあるが変わり始めたことに、岡本真一郎は気づいていた。

綾部善之助が大村嘉一郎に語ったところによると、相田は林甚五兵衛に「大目付のわしが偽りを申したと言うのか！」と一喝され、結局はうやむやのうちに、調べをそこで打ち切られたとのことである。そのときの無念さがよみがえったのは、まちがいなかった。

「どう考えても、切腹で死んだとは考えられんな」

「………」

「その場にいたのは」

「報せを受けて駆け付けたときには、大目付の林甚五兵衛さまと、小目付の綾部善之助どの」

「大村庄兵衛が庭に走り出て切腹したと、林は言ったそうだが、するとそれを目撃したのも、林と綾部の二人ということになる」

「はい」

「検視のおり、顔、首筋、衣類が血まみれであったとのことだが、止めを刺したときのものとは考えられぬか」

「でしたら、骸《むくろ》を移すことはないのではないでしょうか」

「それもそうだな」

「それに、止めにしては傷が深く長すぎます」

「とすれば返り血を浴びたはずだが、そこにいた二人はどうだった」

「浴びてはおりませんでした。ただ」

「ただ?」

「いえ、勘ちがいかもしれませんので」

「かまわぬ、申してみよ」

「林さまの髪の何箇所かが、縮《ちぢ》れたように見えました」

「どういうことだ」

「さあ、どういうことでございましょうか」

曖昧《あいまい》な言い方をして、相田順一郎は口を噤んでしまったのである。

「そこまでよく訊き出したな」岡本真一郎の報告を受けて、芦原讃岐は満足そうにうなずいた。「返り血を洗い流し、衣類は着替えても、髪の毛に付いた血までは、手がまわらなんだということだ」

「そのように、一喝されてうやむやになることはあるのかと聞きましたところ」

「その言いようからすると、あったということだな」

「はい。町奉行の平野左近《ひらのさこん》に、煮え湯を飲まされたと相田は申しました」

「平野は稲川の子飼いだ。さもあらん」

「大村どのよりもさらにまえになりますが、うそヶ淵で相対死《あいたいじに》がありまして」

讃岐は天を仰いでいたが、どうやら記憶を呼び起こしていたらしい。やがて何度もうなずいた。

高級料亭「花かげ」で働いていた見習い仲居の桔梗《ききょう》が、武具櫓《やぐら》番の下に組みこまれている足軽の草薙佐治《くさなぎさじ》と、うそヶ淵に入水《じゅすい》した事件である。その組み合わせにはだれもが驚いたが、男女の仲はわからない。

下級武士の一部には釣りの得意な者がけっこういて、草薙もその一人であった。非番の日には釣りに出かけ、夏場は鮎《あゆ》、冬場は鯉や鮒《ふな》を料亭に買ってもらうのだ。つまり趣味と実益を兼ねた、下級武士の内職であった。

入水なのに桔梗が水を飲んでいなかったのは、そのまえに殺されていたからである。草薙はたっぷりと水を飲んでいた。

状況から判断するとこうである。猿轡《さるぐつわ》を嚙まされた草薙は背後から羽交締《はがいじ》めにされ、一人がかれを押さえ付けているあいだにべつの者が桔梗の足を縛り、覚悟の死だと思わせようと、袂に石を入れ、二人を帯で結び付けた可能性が高かった。

準備が整ったので猿轡がはずされ、同時に草薙は突き落とされたのだろう。水練の達者な者でも、死人を結びつけられては泳げるものではない。

園瀬藩の町奉行は、中老格の物頭席二人が月番交替勤務し、合議制で仕事を進めている。自分たちで判断できぬ場合、また他藩や江戸表との関わりがある場合は、家老に伺いを立てるのであった。

町奉行の下には町奉行手代二名がいて、これは江戸の与力に該当する。町同心は六人いて、さらに町方物書役が四名いる。これらはすべて交替制である。

手代の野村睦右衛門《のむらむつえもん》と同心の相田順一郎は殺人だと判断したが、町奉行の平野左近は相対死だと断定して、調べを打ち切ってしまったのである。

「大村庄兵衛が着服したかどうかも、調べなおさねばならんな」

讃岐がそう言うと、岡本真一郎は首を振った。帳繰方にまわされたおり、相田はその点を徹底して調べたが、庄兵衛の不正は発見できなかったのである。

「これで明らかになりましたね」

岡本の言葉に讃岐はおおきくうなずいたが、遠くを見る目になって静かに言った。

「まちがいなく冤罪《えんざい》であるが、ことは慎重に運ばねばならん」

九

祖父は早くに亡くなり、父庄兵衛が不運に見舞われて三番丁の屋敷を出なければならなくなると、ほどなく祖母も世を去った。丈夫な質《たち》ではなかったが、やはり息子の切腹が相当に堪えたようである。

組屋敷に移ってからは、家士を置く余裕はない。母の芙弐と兄弟だけの日々は、もともと静かであったが、圭二郎が岩倉道場に住みこむことになって、大村家はさらにひっそりしてしまった。

徒士組の仕事は、四日番とか四日勤めと言われている。特別な事情がないかぎり四日に一度詰めればよいので、非番の日になると嘉一郎は内職に励んでいた。

千秋館の教授方、つまり最高責任者となった池田盤晴は、父の死後も大村家を訪れてくれる数少ない一人であった。助教時代に圭二郎を源太夫に託し、見事に立ち直らせてくれたことに感謝して、時折、岩倉家や道場にも顔を見せているようである。

嘉一郎を訪れるのは本好きだったかれに、新しく手に入れた本や、読んでおいたほうがいいと思う漢籍《かんせき》などを、貸し与えるためであった。

なぜなら父の死後、嘉一郎は藩校から次第に足が遠退《とおの》いてしまったからだ。周囲の目が冷ややかになって、それに身を曝《さら》すのが辛くなったのである。盤晴はそれを気遣ってくれたのだろう。

茶を飲みながら、かれは短い時間であっても嘉一郎と語るようにしていたが、かつての弟子が書物の内容を的確に把握しているのに、驚かされることがたびたびであった。しかも嘉一郎は読みやすくてきれいな楷書《かいしょ》を書くので、内職を勧めてみたのである。

藩校の教授方ということもあり、盤晴は重職や富裕な商人、豪農などから筆耕を頼まれることがけっこうあった。板行されていないのでほしくても購入できない手書き本、絶板となったため入手できない書籍などを、誤字脱字なく書き写すことは、だれにでもできるわけではない。

盤晴は多忙なので、有能な弟子に筆耕をやらせていた。一冊の書籍を書き写すことは、単に読むだけにくらべると、身に付く知識の質と量に雲泥《うんでい》の差があった。確実にその者の、血となり肉となるのである。

かれが目をかけて筆耕の内職をさせている者の中から、素読《そどく》方や講師が育っていた。助教や教授方が誕生する日も、そう遠いことではないかもしれない。

盤晴は試みに漢詩や句集、随想などの短いものを、嘉一郎に書き写させてみた。もちろん、あとで盤晴自身が校閲《こうえつ》するのだが、師が驚くほど、かつての弟子の筆写は正確であった。

そのような経緯で、嘉一郎は筆耕の内職をするようになったのである。組屋敷に移ってからの生活は苦しかったが、母に内職をしてもらうには忍びない。かつての師匠、池田盤晴は嘉一郎にとって、この上もなくありがたい理解者にして恩人であった。

それに応えるために、かれは心をこめて筆耕の仕事に取り組んだ。いい仕事をすれば依頼もふえる。今では嘉一郎は、自分のための読書時間を捻出《ねんしゅつ》するのに、苦労するほどになっていた。

弟の圭二郎は毎日岩倉道場に出かけていたが、住みこむようになってからは、顔をあわせるのは朝昼晩の食事時だけである。晩飯のときに汚れた稽古着などを持ち帰り、母から洗濯ずみの衣類を受け取って、道場にもどるのであった。

母の芙弐は、嘉一郎の筆耕の邪魔にならぬように、縫物や掃除、洗濯などをひっそりとしている。庭に来る野良猫に餌を与えることだけが、わずかな慰《なぐさ》めのようであった。

——困ったことになったな。

その日、嘉一郎は大瀧仙右衛門《おおたきせんえもん》に、「あの話はどうなったのだ」と訊かれて、返答に窮《きゅう》してしまったのである。そんなかれを見て、仙右衛門は信じられぬとでも言いたそうな顔になった。

「嘉一郎がうれしそうな顔をしたので、すぐにも色よい返辞がもらえるものと、思っておったのだが」

「実は、まだ母に話しておらん」

「……！」

武部鉄太郎の長女の和が、嘉一郎の嫁になってもいいと言っていると仙右衛門に告げられた日、これで母を安心させられると思って、胸を弾ませながら帰宅すると、綾部善之助の使いが待っていたのである。そのあとは驚愕の連続で、かれにすれば嫁取りの話どころではなかったのだ。

もちろん、和のことは頭を離れなかったが、嘉一郎にすればとても母に打ち明けられる状態ではない。仇討免許状の可能性について岩倉源太夫に相談し、その翌日には、源太夫の提案もあって、圭二郎を道場に住みこませて鍛えてもらうことを、母を交えて話しあったのである。そのあとも、きっかけが摑めないでいた。父親の鉄太郎は受けるに和は十六歳なので、ほかから嫁にしたいとの話があれば、大村家に嫁いでもいいという娘ちがいない。となると、世間から白眼視されている大村家に嫁いでもいいという娘が、現れるまで待たなくてはならなくなる。

これまでの経過から判断して、それはかなり可能性が低く思われた。この話を受けなければ、仙右衛門にしても引き続き探してくれるとは限らない。

仙右衛門の大瀧家は、中老格の宗門奉行である。徒士組頭のころならともかく、今となっては大村家とは、おおきすぎる格の開きがあった。

宗門奉行は寺社奉行とはまったく別で、宗門改めをおこなう役職である。キリシタン信徒のほとんどいない園瀬藩においては、はっきり言って名目だけの閑職であった。

そのため大瀧家は行列奉行を兼ねていた。そのほかおりに触れて、いくつかの役をこなさねばならない。

行列奉行は道中奉行の異名があるように、参勤交代のおりに本陣への連絡、輸送の馬匹《ばひつ》や人夫の手配、病人や怪我人が出た場合の処理などをおこなう、雑用の多い役目であった。

仙右衛門は藩校「千秋館」で机を並べていたころからの友人で、父の事件のあとでほとんどの学友が離れていってからも、以前と変わることなく付きあってくれていた。共に読書好きで内向的な性格という共通点もあったが、嘉一郎にとっては唯一と言ってもいい親友である。仙右衛門はときどき訪れては本を貸してくれたし、あれこれと相談にも乗ってくれた。

しかし、いくら親友だとは言っても、現時点では、綾部善之助が語った内容を打ち明けるわけにはいかなかった。

「事情があるのならしかたがないが、相手方にも、そう、いつまでも待ってもらうわけにはいくまい」

「すまん。もう一日くれないか。今日はなにがあっても母に話す」

「だいぶ深刻らしいな。おれにできることなら相談に乗るが」

「ありがたいが、なんとかなると思う。いや、なんとかしなければな」

嘉一郎が帰宅すると、母が茶を淹《い》れてくれた。

二人は野菜を植えてある狭い庭を眺めながら、静かに茶を喫《きっ》していたが、やがて母が言った。

「なにか困っていること、迷っていることでもあるのですか」

「……！」

「圭二郎のことではなさそうですね」

どうやら母は気づいているらしい、と嘉一郎は思った。まさかそんなことはないと思うが、あるいは寝言で、うっかりと和の名を洩らしてしまったのであろうか。

横目で窺《うかが》うと、母はおだやかに微笑を浮かべている。

「母上に隠しごとは、できないらしい」

「嘉一郎を二十三年間も見てきていますから、たいていのことはわかります。それにおまえは正直なので、隠そうとしても顔に出ますから」

「かないませんね。いくつになっても、子供扱いするのですから」

「いくつになっても、親にとって子は子ですよ」と笑ってから、芙弐は真顔になった。「さ、話しなさい」

ぴしりと膝を打った音に、嘉一郎は思わず背筋を伸ばし、そして覚悟を決めた。

母の体が心配だから、などという余計なことはいっさい挟まないで、嘉一郎は経過を話した。芙弐はひと言も口を挟まず、聞き逃さないようにと真剣に対していた。

嘉一郎が話し終えると、母の顔からは一瞬にして緊張が消え、顔が別人のようにやわらかくなった。

「そうでしたか。母は気づきもしませんでした。でも、そのようないい話を、なぜもっと早く打ち明けてくれなかったのです」

「いい話、ですか」

「悪い話ではないでしょう。嘉一郎の嫁取りには、母も心を痛めておりましたから」

「それは、……知りませんでした」

「心当たりにそれとなく声をかけてみたものの、やはりお父上のことがありますからね。だれも本当のことを知らないので、尻込みするのもむりはありません。でも、なぜためらっていたのです。どうしてすぐに、打ち明けてくれなかったのです」

「林甚五兵衛のことがありますから」

「林のことがどうだと言うのです」

「仇討免許状は出してもらえそうにありませんし、となると、仇を討てたとしても」

「先のことはどうなるかわかりません。いいことも悪いことも、です」

「……?」

「お父上のことにしても、あの日になるまで考えることもできませんでした。しかし、いつ、あのようになるかもしれないなどと心配していては、日々をすごすことはできません。愚《おろ》かしい杞憂《きゆう》です。いいこともわるいことも、いつ起こるかわからない。それが世の習いというものです。たいせつなのは、なにかあったときに、人としてちゃんと対処できるかどうか、にあります。仙右衛門どののお話は、嘉一郎にとって、ねがってもないことではありませんか」

「では、賛成していただけるのですね」

「和どのは、嘉一郎となら苦労をしたいとまで、言ってくれたのでしょう。その一言で十分です。おまえにとってはよき伴侶《つれあい》となりますよ。それに」

「……？」

「あのお家《うち》も、たしかお祖父さまの代に、家禄をおおきく削られているのです」

「それは知りませんでした」

「だからこそ、おまえのもとに嫁ぎたいと思ったのかもしれません。さ、嘉一郎。すぐに仙右衛門どののところへ参りなさい。そして失礼を詫び、よろしくとおねがいしてくるのです」

「はい、わかりました」

嘉一郎が立つと、芙弐は息子にきまじめな顔で告げた。

「身一つで来ていただきたい。そのかわり、こちらもなにもできないからと、仙右衛門どのにそのように伝えてもらうように」

組頭であればそれなりのことをせねばならないし、できもしたのにとの無念が感じられたので、嘉一郎は黙ってうなずいた。

「おれにひと肌、脱がしてくれ」

嘉一郎の顔を見るなり、すべてを察したからだろう、大瀧仙右衛門はそう言って胸を叩き、噎《む》せるまねをしてみせた。まじめな男がこのようにおどけるのは、よほどうれしかったからにちがいない。

「大船に乗ったつもりでいてくれ」

「大船、ただし、カチカチ山狸《だぬき》の泥の船」

「ようよう出たな、嘉一郎らしい冗談が。ところで和どのに逢ったことはあるか」嘉一郎が首を振ると、仙右衛門はにやりと笑った。「七人兄弟の一番上だからな、しっかり者だ。しかも素直だし、気もやさしい。親孝行だから、母上の気に入ってもらえるだろう」

「ところで……」

「ん？　なんだ」

「わかってるくせに」

「気になるか」

「あたりまえだ」

「それは、楽しみにとっておけ」

仙右衛門は着替えを始め、袴を穿《は》くと羽織に腕を通した。

「では善は急げというから、行ってまいる。先方の都合もあるだろうが、なるべく早くしてもらうから、そのつもりでいてくれよ」

「そのままで来てもらえればいい。そのかわり、こちらもなにもできない。母から念を押されたので、忘れずに言っておいてくれ」

「わかった」

そう言うと、仙右衛門は胸を叩くまねをして、にやりと笑ってみせた。

十

――なんとかなるやもしれん。いや、なんとしても叶えてやらねばならぬ。

岩倉源太夫から相談を受けたとき、芦原讃岐は仇討免許状を得られる可能性はないと断言した。中老としては当然である。しかし、そのように言いはしたものの、源太夫の言葉が頭の中で渦を巻いていた。

かつての道場仲間は、こう言ったのである。

「藩士が重職に斬られたうえ罪をかぶせられ、家族が塗炭の苦しみを舐めさせられた。こんなことがうやむやなままで終わっては、藩士はなにを信じ、なんのために命を賭すればいいのだ」

まさにそのとおりだが、目撃者の証言というだけでは今さらどうにもならない。しかも証人の綾部善之助は、大村嘉一郎に打ち明けた四日後に亡くなってしまったのである。

ところが事情はおおきく変わった。善之助の葬儀を終えた息子の真之助から、目付の岡本真一郎に一通の書面が手渡されたからである。

一読してその重要性を知った真一郎は、大村庄兵衛の検視をした同心相田順一郎に、当時の状況を確認した上で、中老の芦原讃岐に届け出た。

善之助の認《したた》めた書面を読み、相田の裏付けを知った讃岐は、それを克明に記録するように命じたのである。

今、その二通の書類が文机《ふづくえ》に並べて置かれていた。

讃岐は改めて、綾部善之助の手記を開いて読み直した。筆は乱れ、文字は弱々しかったが、善之助は几帳面《きちょうめん》な性格なのだろう、こと細かに記述していた。

まず死に際して、どうしても胸に秘めたままでは死に切れぬので、大村庄兵衛の遺児、嘉一郎に来てもらって事実を打ち明けたとあった。続けて、「以下に記しこと実《じつ》正《しょう》なり」と綴《つづ》っていた。

書かれているのは、嘉一郎に話したのとおなじ内容である。それだけではない。嘉一郎には話さなかった、その後の林甚五兵衛の行動も書かれていた。

首の血の管《くだ》を切り裂かれたことで、庄兵衛は夥《おびただ》しい血を流し、甚五兵衛も返り血を浴びていた。かれは善之助と若党に庄兵衛の遺骸を二間半（約四・五メートル）ほど移動させると、血で汚れた庭や地面を洗い清めさせたのである。

その内容は検視した同心、相田順一郎が推理したことを裏付け、証明していた。

その後、甚五兵衛は肌に付いた血を洗い落とし、衣類を着替えている。それから若党に命じ、庄兵衛が公金の着服が露見したことを恥じて切腹したので、遺骸を引き取るようにと大村家に報せたのである。

それに続く一文が、いかにも綾部善之助らしかった。

嘉一郎に打ち明けたことで、胸の痞《つか》えが取れた思いがし、ずいぶんと気が楽になった。しかし、その安らぎはわずか一日で終わってしまった、と書かれていた。

それだけではない。前日までの何倍もの重さで、のしかかって来たのだ。知らぬまえならともかく、一度《ひとたび》知ってしまったら、当然だが遺族はそのままではいられないだろう。そのことに思いが至り、慄然《りつぜん》としたのである。

なんたる浅知恵であったことよと悔やんだが、あとの祭りであった。自分の気が楽になりたいがために取った行動が、大村家にとんでもない重荷を背負わせてしまったことに気づいたからだ。

大村家の兄弟と岩倉道場の相弟子である息子の真之助によると、兄の嘉一郎には特に武芸の才はないようだが、弟の圭二郎は天稟《てんぴん》の資がそなわっているらしい。めきめきと腕をあげ、道場での席順を前年は五席、今年はついに三席にまで進めたという。

しかも、おだやかな兄に比べ、弟はかなり気性が激しいらしいのである。いかに林甚五兵衛の腕が立つと言っても、事実を知った以上は、仇討ちを挑まずにはいられないはずだ。

その辺りまでくると、綾部善之助の手跡《しゆせき》はさらに乱れて、弱々しく、判読に苦労しなければならない部分が多くなる。しかも真直ぐ書けなかったのだろう、行は次第に左へ左へと流れていた。

「されど」と文は続く。「果たし合いを申し入れても、必ずしも林が受けるとは限ららない。
ない」

受けても倒せるかどうかはわからないが、受けなければ私闘になることは必至である。となると、返り討ちになる可能性があるし、倒せたとしても腹を切らなければならない。

おのれの短慮とはいいながら、大村家の兄弟がそのような破目に陥《おちい》るのは、あまりといえば不憫《ふびん》である。どうか綾部善之助の命を賭してのねがいを聞き入れ、仇討免許状を出していただきたいと結んでいた。

宛《あて》は「御老職御一同様」である。

なんとしても書面として残さねばと、死力を尽くして筆を執《と》ったのだろう、書き終えて署名するなり、善之助は文机に突っ伏して絶命したらしい。真之助によると、手から落ちた筆が紙の上を転がった跡があったという。

それが、善之助が嘉一郎に打ち明けた四日後のことである。瀕死の病人は、中一日を置いて遂に決心し、三日がかりでなんとか書きあげたのであった。

父の手記を発見した真之助は、どうすればいいかわからず困惑したが、まずは喪主として通夜と葬儀を執りおこなった。

書面の重大さは、父が命を賭して書きあげたことからも明白であった。真之助は親類縁者をはじめ、だれにも打ち明けず、葬儀の翌日、目付の中でもっとも信頼のおけそうな岡本真一郎に届けた。

内容を読んだ真一郎は、しばし黙考したが、やがてきっぱりと言った。

「お父上のねがいが叶うように、全力を尽くすと約束する。ただし、すぐというわけにはまいらぬかもしれん。ついては、この件に関して絶対に口外せぬように。他人に知られては、ねがいが成就《じょうじゅ》しなくなることもあり得る」

「わかりました。断じて、他言《たごん》はいたしません」

真之助に釘を刺した岡本真一郎は、直《ただ》ちに芦原讃岐に報告したのであった。

それを受け取った讃岐は、岡本が同心から聞き取った内容が、書面を裏付けていることを知り、岡本に書き取らせたのである。

園瀬藩では二の付く日が式日と決められており、二日と十二日には家老、中老、それに月番の物頭《ものがしら》が評定《ひょうじょう》をおこなう。二十二日には、さらに非番の物頭、目付、寺社、勘定、町の三奉行が加わり、大評定がもたれることになっていた。

そのような重要な案件は当然、式日の評定にかけなければならないのだが、芦原讃岐は熟考の末にそうはしなかった。

綾部の手記や相田の検視調書があるために、大村兄弟の林甚五兵衛に対する仇討免許状は、藩庁からおりる可能性が高い。藩士の生死にかかわることなので藩主の許可が必要だが、それも得られるだろう。

だが、評定に出席する顔ぶれには林に近い者もいるので、本人に筒抜けになってしまう。讃岐としては、政変まえにさんざん苦汁を飲まされた林甚五兵衛に、準備する暇《いとま》を与えたくなかったのである。

側用人の的場彦之丞に相談するのが一番いいのだが、的場は藩主九頭目隆頼とともに江戸にあった。

江戸表と国許の連絡は継飛脚でおこなっているが、江戸と大坂間百三十五里二十八丁(約五三三キロメートル)が三日、園瀬へは船便があるので、つごう四日、船の風待ちによっては五日かかることもある。

藩主が江戸にいる場合は十日に一度の月三回、園瀬にいれば江戸家老との間で、半月に一度の月二回の遣り取りが通例となっている。もちろん危急のおりには、臨時便を出すことになっていた。

芦原讃岐は綾部の手記と相田の調書、二通の控えを執ると、それに的場宛の私信を添えて、一番早い連絡便に持たせた。

的場彦之丞は新野平左衛門とともに、先の政変の同志の一人である。側近として、藩主にもっとも信頼されていた。

　中老である讃岐からの伺いに対しては、藩主もそのままにはできない。だから的場を通じて九頭目隆頼にさりげなく打診してもらい、仇討ちに対する許可の内諾を得たかったのである。

　そして圭二郎に林甚五兵衛を倒せるだけの腕がつけば、嘉一郎との連名で仇討願を提出させるのだ。藩庁がそれに対して仇討免許状を与える、というのが讃岐の考えた最良と思える筋書きであった。


　中老芦原さまの訪問があると、讃岐の若党から報せがあったので、源太夫は井戸端で汗を拭い、母屋にもどると着替えて待った。

　やがて、馬の嘶《いなな》きと軽快な蹄《ひづめ》の音が聞こえると、市蔵と幸司が庭に走り出した。気配に気づいたのだろう、仕事を中断した権助がやって来て、二人の肩をそっと摑んだ。

「いやいや、通りがかりに、ちと、顔が見たくなっただけで、特に用があるわけではないのだ」

　門を入ると、讃岐はまず自分から声をかけた。

馬の口取り、先触れした若党と槍持ちのほかに、二人の家士が従っていたが、その一人は源太夫の弟子の東野才二郎であった。讃岐の若党を務めていた才二郎は、能力を認められて家士に引きあげられたのである。

あるじの登下城に従うこともあるので、最近は、道場での稽古に出られる時間が減っていた。

讃岐は表座敷に通り、才二郎ともう一人の家来は玄関脇の小部屋に控えた。馬の口取りや若党と槍持ちは、庭で待つことになる。

馬は鬣《たてがみ》と尾の色が明るい尾花《おばな》栗毛で、中老の持馬だけによく手入れされ、まるで油紙で拭きでもしたかのように毛が輝いていた。馬は時折、鼻を鳴らし、とまった虻《あぶ》を追い払うためだろう、胸前《むなまえ》や腰の筋をぴりぴりと痙攣《けいれん》させ、尾が横腹を間歇《かんけつ》的に叩いた。

「なんのお構いもできず、申しわけありません。家内が出かけておるので、茶もお出しできないありさまでして」

「そのほうが気楽でいい。昔の道場仲間の面《つら》を見ながら、おまえおれで話したくなっただけだ。ゆえに手ぶらで来た」

もともと明るい男ではあったが、ひどくすっきりした顔付なので、源太夫は「あるいは」と期待した。だが言葉通り、ついでに寄っただけであったようだ。

「弟子がだいぶ増えたらしいな。手狭ではないのか」

昔の仲間として話したいとのことなので、源太夫もそれに従い、口調を変えた。

「夜稽古もせねばならんかと思うたが、庭も広い。素振りや打ちこみなどは、青空の下のほうがいいという者もいる」

「ともかく、弟子が増えて重畳《ちようじよう》だ。束脩《そくしゆう》を払い、月々の謝礼を持ってくる者も、けっこうおろうが」

「道場開きのときにもその話が出たが、よほど気にかかるらしいな。それを言いたくて来たとも思えぬが」

「他意はない。後学のために聞いただけだ」

「なら言おう、がっぽり入る」

「であろう」

「そして、そっくり出てゆく」

相鎚《あいづち》を打つように、庭で馬が音高く鼻を鳴らした。

「どういうことだ」

「やたらと付きあいが増えてな。わずらわしゅうてならんぞ。なんのために隠居して、道場を開いたかわからん」

「それはともかく、軍鶏道場の弟子は礼儀正しいと、評判がいい。師匠としての名声も鰻《うなぎ》登りだ」

「礼儀正しいのは、それぞれの家の躾《しつけ》がいいからだろう」

「そう、謙遜《けんそん》するものではない。弟子は師匠の背中を見て育つものだからな」

「下心があるのか。なんだか気味が悪うてならん」

「世間の評判を伝えたまでだ。わしが新八郎を持ちあげて、なんの得がある」

「それもそうか。……たしかに稽古熱心な者が多いので、教えがいがあるのは事実だ」

「ところで」と、讃岐はいくらか声を低くした。「圭二郎と言うたか、大村家の次男坊は」

やはり、なんらかの進展があったのだろうか。でなければ、中老がわざわざ訪れたりはしないだろう。源太夫は讃岐の表情に注意しながら、慎重に話した。

「思った以上に腕をあげておるし、それに稽古熱心だ」

「それは才二郎からも聞いておる」

「熱心なだけではのうて、自分で稽古を工夫していてな」

「どういう稽古だ」

「投避稽古に矢躱稽古、そして梟猫稽古」

「……！　なんだ、それは？」

「そういう難しい稽古を、根気よく続けておる」

林甚五兵衛を倒せる腕になるのも、思ったより早いかもしれぬ、との言葉は胸にしまった。

讃岐もそれなりに考えてくれてはいるだろうし、動きがあれば真っ先に報せてくれるはずだ。

「さて、長居した」そう言って讃岐は立ちあがった。「どの程度の腕になったかを、時折報せてもらえるとありがたい」

返辞をするかわりに、源太夫はおおきくうなずいた。

十一

岩倉源太夫との手あわせを望む武芸者は、五月雨《さみだれ》式に園瀬の里にやって来た。源太夫がふしぎでならないのは、馬庭念流の遣い手である霜八川刻斎を倒したことが、なぜそれほど早く武芸者のあいだに伝わるのか、ということであった。

源太夫自身は、昔の剣術遣いの武勇伝ならともかく、今、どこに、どのような遣い手がいるか、などということにはまるで疎《うと》かったし、特に関心を抱いているわけでもなかった。川萩伝三郎や奈良崎左右平《そうへい》にしても、存在すら知らず、名乗られて初めてわかったのである。

その武芸者たちだが、ほとんどが竹刀か木剣での勝負に応じた。かれらにとっては、源太夫を打ち負かすことに意味があるので、真剣勝負にこだわりをみせるわけではなかった。白刃となると、当然だが一方はまず落命する。

ところがその男は、真剣での勝負を挑んだのである。

多くの武芸者は道場に顔を出したが、男は母屋に通って源太夫を待っていた。齢は三十半ばであろうか。源太夫よりは五、六寸（約十五〜十八センチ）ほど小柄で、胸が分厚く、腕は太くて肩の肉が盛りあがっているのが、着ている物の上からもわかった。

男が作法どおり体の右に置いた大刀を、源太夫の目が一瞬だけ捉えた。

「岩倉源太夫である」

「香須賀飛水《こうすがひすい》と申す。武芸修行のため藩を出たので、藩名はご容赦《ようしゃ》ねがいたい」

「承知」

「さっそくだが、一勝負ねがう」

「得物はなにをお望みか」

源太夫がそれまでのように訊ねると、香須賀は怪訝な顔をした。

「どういう意味であるかな」

「竹刀、木剣のいずれを望まれる」

「勘ちがいをされておるようだ。それがしは一勝負ねがうと申したが」

真剣だけでなく、竹刀であろうと木剣であろうと、勝負は勝負である。だが、香須賀は真剣以外を考えていないらしい。

「ならば」

との源太夫の言葉に、香須賀は懐より果たし状を取り出して突き付けた。「明朝七ツ半（五時）、並木の馬場にて」と墨痕《ぼっこん》鮮やかに記されている。

「ほかに望まれることはおありか」

「……はて、面妖《めんよう》な」

「これまでは、だれもが秘剣蹴殺しを所望した」

「剣は剣でしかない。秘剣などはまやかしにすぎん」

「たしかにそうではあるが、わしは蹴殺しを用いる。弟子たちに見せると約束してるのでな」

「助太刀はかまわぬ」

「いや、手出しはさせん。見せるだけだ」

「御随意に」

「ならば、明朝七ツ半、並木の馬場にて」

「心得た」

香須賀は右手で無造作に大刀を掴むと、一礼して部屋を出た。源太夫は道場にはもどらず、柏崎数馬、東野才二郎、大村圭二郎の三人に、稽古にけりがついたら母屋に顔を出すようにと、権助に伝えさせた。

あるいは武者窓から香須賀飛水の姿が見えでもしたのか、三人の弟子は緊張した顔でやって来た。

「武尾どのに用いた長柄刀《ながつかとう》による蹴殺しは、まだだれも見てはおらん。あのおり、鮎の仕掛けを見まわりにきた川漁師が、たまたま見て言い触らしたらしいが、技は見えていないはずだ」

「当然でしょう」

と数馬。

「それを明朝、七ツ半に並木の馬場で三人に見せる」

「すると」

と、これは才二郎だ。

「やはり、窓から見えたか。香須賀飛水と申す御仁でな。秘剣などはまやかしにすぎんと豪語した。これまでの輩《やから》に比べると、いくらか骨がありそうで楽しみだ」

「せ、先生！　明朝でございますか」

圭二郎が顔色を変えて言ったので、源太夫は真顔で応えた。

「さよう」

「まさかお忘れでは」

「愚かなことを申すな。弟子の婚礼を忘れる師がどこにおる」

「婚礼？」と、東野才二郎が素《す》っ頓狂《とんきょう》な声を出した。「圭二郎のか」

「わたしはまだ十六ですよ」

圭二郎の言葉を源太夫が引き取って、

「兄の嘉一郎が、武部鉄太郎どのの長女、和どのを娶《めと》ることになったのだ」

「そうでしたか」と柏崎数馬が言った。「それはめでたい。よかったな、圭二郎」

「嘉一郎はあまり道場には来ぬが、顔を見たら祝いの言葉の一つもかけてやってくれ」

源太夫の言葉に、数馬と才二郎はおおきくうなずいた。そして真顔になると、師の言葉を待った。

「わしは長柄刀による蹴殺しを見せるつもりでおるが、真剣勝負であるのでな、相手の攻めに応じて変わることもあろう」

三人の弟子は顔を見あわせ、それから源太夫を見ておおきくうなずいた。

「いずれにせよ、よく見ておくように」

源太夫といっしょに嘉一郎の婚儀に参列する池田盤晴が来たので、数馬と才二郎は帰って行った。

和の輿《こし》入れは暮れ六ツであった。ごく少数の身内だけの出席で、肉親以外では、藩校のもと師匠の盤晴と道場の師である源太夫の二人だけである。

固めの盃事が執りおこなわれると、ほどなく縁者は引きあげ、当然だが二人の師匠と圭二郎も辞した。あとは仲人役の大瀧仙右衛門が、和の実家である武部家にあいさつに行けばすべてが終わる。

最下級藩士の婚儀は、そんなものであった。藩庁に届けて受理されれば、その時点ですでに夫婦となるのである。

源太夫が家に寄って軽く飲んでいくようにと誘い、盤睛もその気になったが、圭二郎が顔色を変えて抗議した。

「明日の七ツ半に果たし合いだというのに、とんでもないことです。絶対にだめです」

「おいおい、それは本当なのか」

普段は腫《は》れぼったい瞼《まぶた》を、眠そうに半分くらいおろしている盤睛が、驚いて目を真ん丸に見開いた。

「しょうがないやつだなあ」と圭二郎に言い、続いて源太夫は盤睛に笑いかけた。

「では、悪いが明日に変更だ」

「まったく、おまえってやつは」

「せっかくだから、讃岐も誘ってやろう。さすがに中老は激務らしい。少し痩せておったからな」

早朝の並木の馬場。

樹木の輪郭《りんかく》がかすかにわかるくらいで、天空は闇のままであった。天の川が輝き、東の山の稜線のみが、切絵のように輪郭を示している。

源太夫の背後、三間（約五・五メートル）ほど離れて、柏崎数馬、東野才二郎、そして大村圭二郎が並ぶ。

七ツ半より少し早く、かれらは並木の馬場に到着していた。

静かに夜が明けてゆく。東の空が茜《あかね》色に染まったかと思うと、ゆっくりと黄色に変わり、薄い緑となる。変化は次第に上に向かい、それとともに空は青味を増していった。

城山の背後の森で狼が長々と遠吠えをしたが、それに応える咆哮《ほうこう》はない。狼の鳴き声が消えたとき、寺町を抜けて西へ向かう街道に、影のようなものが現れ、次第に姿を明瞭《めいりょう》にしていった。そして並木の馬場に足を踏み入れた。

香須賀飛水である。

すでに表情がわかるまでに、周囲《あたり》は明るくなっていた。

予想どおり長柄刀を佩《は》いていたが、同時に香須賀も源太夫の長柄刀に気づいたようだ。しかし、腕に絶対的な自信があるのか、その顔にはなんの変化も見られなかった。

前日、香須賀の大刀の柄が長いのを知った源太夫は、それでも敢《あ》えて自分もおなじ得物を用いることにした。

一瞥しただけで、源太夫は相手の大刀の刃長《じんちょう》が、かれのものと変わらないのを見て取っていた。柄が通常より二寸（約六センチ）長いのもおなじなので、得物はまったく同条件ということになる。

——であれば勝てる。

武尾福太郎に長柄刀で対したときは、柄が二寸長いことが勝負を決めた。柄が二寸長ければ、敵との間合いが二寸狭くなるので、刃先が早く相手に届く。そのため相手は攻撃が仕掛けにくくなる。

三間の距離を取った源太夫は、地を蹴って突進しながら大刀を抜き、右手を伸ばしきって突き進んだ。武尾もおなじように腕と刀を一直線にして真っ向から突撃し、一瞬早く源太夫の大刀が相手の咽喉を貫いたのである。

今回使用する武器はまったく同条件だが、源太夫には勝てる自信があった。

香須賀飛水との距離も、武尾のときとおなじく三間。

「参る」

声を掛けたのは香須賀だが、それっきり微動もしない。源太夫は肩幅に足を開き、やや膝を曲げて対峙していた。二人とも、腕はだらりと垂らしたままである。

呼吸と間合いを測っていた香須賀の左腕が、ゆっくりとあがり、鯉口《こいぐち》を切ると、右手が動く間も見せずに抜刀《ばっとう》し、源太夫に突進してきた。香須賀が動くと同時に源太夫も、相手とまったくおなじ動作を取っていた。

武尾のときとちがったのは、源太夫がさらに前傾の度合いを強め、姿勢を低くしていたことである。

不気味な音がしたとき、源太夫の刀の切っ先が香須賀の眉間に突き刺さっていた。三人の弟子は「あッ！」という形に口を開けたが、声は出なかった。しかも、しばらくは口を開けたままで、閉じることを忘れていた。

源太夫は止めを刺し、懐紙で刀身に拭《ぬぐ》いをかけると、それを香須賀の懐に入れて隠し止めとした。

「才二郎」

「は、はいッ！」

東野才二郎の声は甲高く、しかも裏返っていた。

「中老芦原讃岐さまへの使いを頼む」

「この件の報告ですね」

「そうではない」

「……！」

「昨夜、嘉一郎の婚儀に出た帰りに、家に寄って酒を飲むよう池田盤晴を誘ったのだが、止められたのでな」

からかい気味に言うと圭二郎が、

「ですが、それは、今朝の、この、果たし合いのまえでしたから」

「そう口を尖《とが》らせるな。だからわしも、飲まなんだではないか」そう言ってから、源太夫は才二郎に顔を向けた。「今夕《こんせき》、わが家で盤晴と飲む約束をしたのだが、道場仲間の芦原中老もお誘いし、昔のようにおまえおれで気楽に飲みたい。ゆえに、万障《ばんしょう》お繰り合わせの上、ご出席いただきたいと伝えてもらいたいのだ」

「この件は」と、才二郎は香須賀の屍《しかばね》をちらりと見た。「話してもかまわないでしょうか」

「かまわん。わしはこれからすぐ、目付の岡本どのに届ける。ほどなく、中老にも報告がいくはずだ。数馬は道場にもどり、わしが帰るまで稽古を仕切ってくれ」

「かしこまりました」

「圭二郎はここに残るように。わしが岡本どのに届けると、すぐに同心が検視に来るはずだ。あれこれと問われたら、見たままのことを話してかまわぬ。それまでに、通りがかりの者に、何事かと訊かれることがあるやもしれん。なにも隠す必要はない」

「はい」

大村圭二郎一人を残し、岩倉源太夫、柏崎数馬、東野才二郎の三人は、並木の馬場をあとにした。

十二

城山の裏の街道を東に進み、山裾《すそ》をまわって三人は寺町の中を抜けた。弧を描くようにして常夜燈《じょうやとう》の辻に出ると、西に進んでから明神橋を北へ渡った。西に折れてしばらく行くと、右手に調練の広場、左手に源太夫の屋敷と道場がある。

岩倉家の門前を行ったり来たりしていた権助が、三人の姿を認めると、顔を輝かして門内に駆けこんだ。みつや子供たちに報せるためだろう。

「では」

と会釈《えしやく》し、柏崎数馬は岩倉家の門を潜って道場へ向かった。

「わしは着替えてから、岡本どのに届ける。芦原さまによろしく伝えてくれ」

「かしこまりました」

東野才二郎は一礼すると、さらに西に進んで北に折れ、大橋を渡って中老芦原讃岐の屋敷に向かった。

六ツ（午前六時）を少しすぎた時刻であったが、讃岐はすでに起きていて、才二郎のあいさつよりも先に言葉をかけた。

「岩倉の敵ではなかったようだな」

早朝に屋敷を出なければならないので、才二郎は前夜、源太夫と香須賀飛水の果し合いに立ちあうことを、中老に報告しておいたのである。

「はい。おなじ長柄刀を遣ったのですが」

と簡潔に果たし合いの模様を報告し、

「つきましては、今夕、岩倉家で池田盤晴どのと酒を飲むので、万障お繰り合わせの上、お越しいただきたいとのことでした」

「そうか。しかし残念であるな。今回は参ることができんのだ。そのように伝えておいてくれ」

言い残して讃岐は居室に入った。

前日、江戸の側用人的場彦之丞から、書状が届いていたのである。それも通常の、月に三度の定期便ではなく、早飛脚であった。日付から判断すると、讃岐からの書簡が届いたその日に、返信を認《したた》めたらしい。

書状は屋敷に送られて来たので、すぐに家士が城の讃岐に届けたのである。老職の役務室に籠《こも》ると、芦原讃岐はそれを読んだ。

重要な問題なので看過できず、直ちに殿に報告した、と書き始められていた。

綾部善之助の手記と相田順一郎の調書に目を通した藩主九頭目隆頼は、讃岐が的場に送った私信の内容を知ると、考えをまとめているようすであった。

ややあって、「芦原らしからぬ心得ちがいであるな」と言って、苦笑されたとのことである。

このような重大事こそ評定にかけて決定すべきで、いっさいの小細工をしてはならない。なぜなら、なにかの折りにそれが露見すると、不審を抱かせることになるからであった。小細工や隠しごとは、不思議とわかってしまうものなのである。

その背後で芦原讃岐が動いたとなると、多くの者が悪い印象を抱くはずであった。以後も事あるごとに、距離を置いて讃岐を見るようになるだろう。

的場によれば、方法は二とおり考えられるとのことである。

まず、今すぐ評定にかければ、綾部の手記と相田の調書が証拠となって、藩庁から大村兄弟による林甚五兵衛への仇討免許状はおりる。つまり藩主はそれを、許可しているということであった。

もし兄弟の腕が未熟で、返り討ちに遭う恐れがあるなら、岩倉源太夫の助太刀を認める、というものだ。

もう一つは、そのときが来るまで待つ方法である。圭二郎が林にまちがいなく勝てるまで腕をあげた時点で、兄弟に仇討願を出させる。そして評定にかけて藩庁が仇討免許状を発行し、一気に仇を討たせるというものであった。

兄弟に父の仇を討たせるのであれば、まちがいなく後者がいいのだが、時間の経過があるので、そのあいだに覚られ、林が藩外に逃亡することも考えられた。

それよりも、大村兄弟が仇討願を出すまで、なぜ綾部の手記と相田の調書を明らかにしなかったかということに、不審を抱く者が現れないともかぎらない。

例えば兄弟に、一年後に仇を討たせるとする。

綾部善之助が死の直前に書いた手記が、なぜ一年後に突然現れたのか。届けを受けた目付の岡本真一郎が、秘密裡《り》に事実確認をおこなっていたとしても、期間が長すぎて不自然であった。

それればかりではない。そのような重要事を評定に図らなかったとなると、岡本の落ち度となる。

一年後でなく、半年後だとしてもおなじようなものだろう。また、そのわずかな期間で圭二郎の腕が、林甚五兵衛を討てるまでに上達するという保証はない。

江戸の側用人的場彦之丞との遣り取りだけで、すでに八日が経過していた。通夜や葬儀もあったので、善之助の死からは十日以上が過ぎている。

ただし、早急に評定にかければ、今ならそれほど不自然ではない。もはや猶予《ゆうよ》はなかった。遅くとも数日中には、結論を出さなければならないのである。

芦原讃岐の心はその問題で揺れ動いていたので、源太夫の誘いには、とても応えることができなかった。

――一人でくよくよ悩んでおらずに、誘いに乗じて飲みに行くか。二人で飲んでおるだろうから、飛び入りはむしろ歓迎されるはずだ。

その思いが一瞬だが脳裡を横切ったものの、讃岐はすぐに打ち消した。昔の道場仲間である。飲めば藩主の内諾を得たことを、喋らずにいられないだろう。

盤睛がほかに洩らす心配はないが、問題は源太夫であった。当然だが助太刀をしてでも兄弟に仇討ちをさせ、恨みを晴らさせようとするかもしれなかった。

ところがその日、的場彦之丞からの第二伸が届いたのである。そればかりではない。綾部善之助の手記が真《まこと》であれば、大村兄弟に仇討ちを許可するとの、藩主の一筆が同封されていた。

同心相田順一郎の調書が裏付けしているので、これは正式の仇討免許状ということであった。

——次の評定は四日後か。

讃岐は腹を括《くく》った。本来なら、直ちに重職を招集し臨時の評定を開くべきだろうが、かれは通常の評定にかけることにした。それまでにしておかねばならぬことが、いろいろとあったからだ。

腹が決まると、芦原讃岐は的場彦之丞からの私信に、改めて目を通した。

「殿の英明さには驚嘆させられた」と、的場の書状にはあった。

だがそのまえに、殿の言葉として「芦原らしからぬ心得ちがいであるな」とだけ書いたので、気を揉んでいたであろうと、含み笑いでもしているような一文があった。

藩主隆頼は、讃岐が的場に書類を送ることになった経緯を、次のように推理したそうだ。それも綾部の手記と、相田に関する調書を読んだだけで、である。

綾部に父庄兵衛の死の真相を打ち明けられた嘉一郎は、当然、家族に話す。

そこで出た結論は、圭二郎は林を倒せるよう腕を磨くことと、嘉一郎は仇討免許状を得られる方策を考えること、であろう。

しかし、どうすればいいかわからない嘉一郎は、思い余って剣の師である岩倉源太夫に相談する。

しかし源太夫にしてもおなじで、結局は讃岐に知恵を借りようとしたが、証言だけではいかに中老であろうと手の打ちようがない。しかも綾部は死んでしまった。

ところが綾部が手記を書き残していたことで、事情は一変した。しかもその内容は、庄兵衛を検視した同心の証言とも一致する。

大村兄弟の望みを叶えさせ、延《ひ》いては源太夫の顔も立ててやりたいと考えた讃岐は、なんとか藩主の内諾をもらえぬかと、側用人の的場に打診した。

「予に伺いを立てると、中老の問いを無視するわけにはゆかぬからな」

殿はそのように申されたが、まさしく的を射ている。わしもまったく殿のご推察のとおりだと思う、と的場は書いていた。さらに続けて、藩主の言葉が綴《つづ》られていた。

「それにしても弟子を思いやる師の心、そして篤《あつ》き友情は美しいものであるな。予はよき家来に恵まれておる」

讃岐は、藩主が自分に対する評価をさげたのでないことを知って安堵した。そしてなぜ的場が、一度ですむ書簡《しょかん》を二日に分けて送って来たのかの理由を、理解したのである。

的場は讃岐に気をもませ、さんざん悩ませてから、翌日になって安心させたのだ。これでは讃岐にしても、腹を立てるわけにはいかない。

しかも藩主は、「これでようよう、岩倉に借りを返すことができる。ずっと心の重荷になっておったのだ」と、側用人の的場に洩らしたとのことであった。

――源太夫のやつ、喜ぶだろうな。いや、感激するはずだ、わしが感激したのとおなじように。

別人のように明るくさわやかな顔をして、芦原讃岐は新野平左衛門の役室を訪れた。

新野も、稲川八郎兵衛一派を駆逐《くちく》したときの同志である。政変後、中老だった新野は家老に昇格し、さらに五年後には筆頭家老の座に上り詰めていた。

曖昧な部分を明確にする必要があったため、報告が遅れたとことわってから、讃岐は一部始終を新野に打ち明けた。筆頭家老は時折うなずきながら、言葉を挟むことなく聞き終えた。

「芦原どのの取られた方法は最善であった。だからこそ、殿も仇討免許状をくだされて、大村兄弟に無念を晴らさせようとなさったのだろう。それにしても、殿は英明であられる。これを好機として、藩士の結束を絶対的なものにされようとなさっておられるのだ」

讃岐は新野の真意が汲《く》み取れぬ部分があったので、言葉の続きを待った。

「林甚五兵衛の犯した罪が明らかなのであるから、切腹させて廃絶させるのが当然だ。だがな、岩倉の言葉、なんと言うたか」

「藩士が重職に斬られたうえ罪をかぶせられ……」の言葉を頭に刻みこんでいたし、的場への書簡にも書いたために、讃岐はすっかり記憶していたので、ゆっくりと繰り返した。

「事実を知れば、藩士のだれもが岩倉とおなじ思いを抱くであろう。殿は仇討免許状を発することによって、兄弟に積年の恨みを晴らさせようとしておられる」

「だれもが感じていることを、目に見える形で明らかにされようと」

「さよう。その仕上げとして、いや、これはわしの願い」

そこで口を噤《つぐ》んだ新野は、しばらく黙したままでいたが、真剣な顔になって続けた。

「言明してもいいが、殿は大村の家禄を旧に復される腹だ。そこで初めて、だれもが納得できる。不正はかならず暴かれ、藩士は理不尽な横暴に、泣き寝入りする必要はないのだ、となる」

「それだけの深慮が」

讃岐の言葉に、筆頭家老はおおきくうなずいた。

「わしはそう確信しておる」

そのあと二人は、評定の進め方について打ちあわせた。

それがすむと、新野がしみじみと言った。

「林甚五兵衛にはさんざん手こずらされたし、若い有能な藩士を無駄死にさせられたものであった」

「だがこれで、最後の膿《うみ》を出し切ることができますな」

「そのためにも、詰めを誤ってはならぬ」

十三

嘉一郎の婚礼の翌日は、香須賀飛水との果たし合いがあったので休んだが、その翌朝は七ツ（午前四時）から半刻（約一時間）、源太夫はいつもと変わることなく圭二郎に稽古をつけた。

父の仇を討つという明確な目標ができたからであろうが、もともと素質に恵まれ稽古熱心でもあったこの若者は、まるでなにかが乗り移ったがごとき変貌《へんぼう》を見せていた。

芸事で言われる「化け」は、地味な蛹《さなぎ》の殻を破って美麗な蝶が羽化するような、劇的な変わりように用いられる言葉である。圭二郎の場合、喩《たと》えるとするとそれ以外には考えられないほどであった。

――あっと言う間に才二郎を超えた。あるいは数馬と同列になったやもしれん。ほどなく抜き去るであろう。

源太夫の腹のうちには気づきもしないで、圭二郎は「ありがとうございました」と頭をさげると井戸端に向かった。

体を清めた圭二郎は、早出の若い弟子たちと道場を拭いてから、食事のために家にもどる。ところが、その日はいつまでも水音が続いていた。

奇妙に思った源太夫がようすを窺うと、盥《たらい》をまえにしゃがみこんだ圭二郎が、洗濯をしていた。しばらく見ていたが、汗で汚れた稽古着だけでなく、襦袢《じゅばん》や下帯《したおび》まで洗っているではないか。

それまでは、晩飯のときに汚れものを風呂敷に包んで持ち帰り、母親から洗濯ずみの包みを受け取って道場にもどるのが日課であった。

――そうか、兄嫁だな。

思い至って源太夫は納得した。

前日、洗濯物を母親に渡そうとすると、「これからはわたしが洗いますから」と和に言われたにちがいない。戸惑っていると、「わたしはこれまで、六人の弟と妹の世話をしてきました。弟の面倒を見るのは、わたしの役目ですから。さあ」などと言いながら手を差し出したか、あるいは包みを奪い取りでもしたのだろう。

助けを求める目を母親に向けても、当然のような顔で、「義姉上《あね》におまかせするのです」と言われるのが関の山だ。

兄の妻だから義姉にちがいないが、和と圭二郎は同い年の十六歳である。稽古着や襦袢はともかく、下帯はさすがに恥ずかしいのだろう。

弟子とその兄嫁の珍妙なやりとりを想像して、源太夫は笑いを堪えるのに苦労した。圭二郎は六尺（約一八二センチ）近い大男だが、和は女としては並みの背丈だ。しかし、義理ではあっても姉と弟である。身長差に関係なく、和は圭二郎を弟扱いし続けるだろう。

朝食に向かいながらも、源太夫の顔からは微笑が消えなかった。

「いかがなさいましたか」

「いや、べつに」

「よほどおかしいことが、あったようですね」

「圭二郎は六尺近いが、和どのは四尺六寸（約一四〇センチ）ほどだろう。義理の姉と弟だが、二人は同い年なのだ」

「そのどこがおかしいのでしょう」

「義理の姉が、同い年の義理の弟に命じたり叱ったりする。それも、上を向いてな」

「それが、そんなにおかしいですか」

「そのさまを思い描くだけで、おかしくないか」

「でしたら、ご当家はもっとおかしいと思いますけど」

まじめな顔でみつがそう言ったので、源太夫の顔からは笑いが退《ひ》いた。

「わが家のどこがおかしい」

「そんなに、怖い顔をなさらないでくださいな」

「どこがおかしいというのだ」

「だって、修一郎どのには、ご自分のご長男より年下の弟がいるではありませんか」

修一郎は、源太夫が二十歳で妻のともよが十八歳のときに生まれた、長男であり一人息子であった。そして十九歳で十六歳の布佐《ふさ》を娶り、翌年、男子が生まれた。それが佐吉《さきち》で、源太夫にとっては孫となる。

ともよを亡くした源太夫は三十九歳で修一郎に家督を譲り、隠居願いと道場開きを願い出た。しかし、隠居は許されたものの道場開きは許可されなかった。

それが許されたのは、筆頭家老稲川八郎兵衛の放った刺客を倒したのちであった。四十歳の十一月に道場開きの許可がおり、同時に屋敷と道場の建築が開始された。

翌年二月にみつを後添《のちぞ》えとし、その三日後に念願の道場開きをおこなったのである。そして、ほどなく三歳の市蔵を養子としたのだが、その翌年にみつが幸司を出《しゅっ》生《しょう》した。

源太夫の息子の修一郎には、二十二歳で血のつながりのない義理の弟が、翌年には腹ちがいの弟ができたのであった。年齢差はなんと二十二である。

「なるほど、圭二郎が自分よりずっと小柄な、それも同い年の義姉に姉貴風を吹かされたとて、笑ってはいかんな」

「でしょう」と言ってから、堪えかねたようにみつは吹き出した。「でも、やはりおかしい。ただ、そのおかしさは自分の胸にしまって、人には話さないようにいたしましょう」

「そうだな」

「でも夫婦のあいだだけなら、いいと思いますけど」

みつはくすくすと笑い、その笑いは長いあいだ止まなかった。

長年いっしょに暮らしてきた家族のあいだに、他人が入り新しい家族となる。するとその家の空気は、すっかり変わるものだ。

静かでひっそりとしていた大村家の空気は、和のために見ちがえるほど明るく、華やかなものになった。

大瀧仙右衛門は嘉一郎に、和のことをしっかり者で素直、気もやさしいと言った。しかし、美しいとかきれいとかは言わなかった。

たしかに和は美人とは言えなかったが、黒目がちの目はいきいきと輝き、しかも表情が豊かなので、人を惹《ひ》きつける魅力があった。時折見せる笑窪《えくぼ》のせいもあるのだろうが、話しているとこちらの気持が明るくなるような、楽しい雰囲気にあふれていた。

芙弐もすっかり嘉一郎の嫁の和を気に入ったようであったが、その理由は、彼女の醸し出す明るい魅力だけではなかった。

嫁入りの翌日、和は早く起きて食事の支度をし、四人の食事がすんで圭二郎が道場にもどると、食器や台所の片付け、続いて掃除と洗濯をすませた。思う間もなく、昼食《ちゆうじき》の用意となり、圭二郎が道場に引きあげると洗い物である。

ひと段落つくと、和は芙弐のまえに両手をついて深々と頭をさげた。

「母上にお願いがございます」

「なんでしょう」

「字を教えていただきたいのです」

「…………」

「恥を申さねばなりませんが、わたしは字も満足に書けないのでございます。ようやくのことでいろは四十七文字を、それも、なんとか書けるだけなのです」

貧乏人の子だくさんで、弟妹の世話のため学ぶ暇もなかったのだ、との弁解を言わなかったことが、芙弐の心証をよくした。和が頭をあげるのを待って、芙弐は静かに話しかけた。

「よくぞ申してくれました。まだまだ、学ぶ時間はたっぷりとありますよ。六十の手習いという言葉もありますからね。学ぶ心さえあれば、決して遅いということはないのです」

「ありがとうございます。それから礼儀作法とか、女ひととおりのことは、お教えい

分から始めましょう」

「そのように正直に打ち明けてくれたことが、作法の第一歩です。では、明日の今時分から始めましょう」

「よろしくお願いいたします」

和はていねいにお辞儀した。

しかし翌日、芙弐が用意したのは、紙、筆、硯《すずり》、墨の文具四宝《しほう》ではなかった。微細な砂を敷き詰めたお盆、筆くらいの太さと長さの篠竹《しのだけ》、そして霧吹き、細かな葉のたくさんついた木の小枝、などがそろえられていた。

「文字の学びを始めます」

お習字とは言わなかった。芙弐は盆の砂に霧を吹き付けて、表面の色が変わるくらい湿らせた。

そして篠竹を手に取ると、砂に「い」と書き、続いてその表面を葉のついた枝で撫でた。平らになると「ろ」と書き、ふたたび木の枝で均《なら》した。

「当分はこれで間にあわせます。それに繰り返し使えますからね。紙に書くお習字は、それからにしましょう」

芙弐の教えかたは、合理的で独特なものであった。ただし彼女が案出したのではない。藩校「千秋館」で学べるのは男児だけなので、芙弐が通ったのは寺子屋である。

園瀬の里の各寺では、檀家《だんか》の子供のために、武家、町人、百姓の区別なく、無料で読み書きを教えていた。文字どおりの寺子屋である。親たちはそのかわりに、百姓は野菜や果物を届け、大工であれば壊れた塀などを修理して、それを月謝に代えていた。

次々と生まれる弟妹の世話にかかりきりだった和は、寺子屋にすら通えなかったのである。おなじ組屋敷の同年輩の娘に、木の棒で地面に書いて教えてもらい、かろうじていろはを覚えたのであった。

その寺子屋で芙弐が学んだのは、京都で修行したというまだ若い僧であった。それがわかりやすかったので、そのまま嫁の和に用いたのである。

次のような教えかただ。

まずこの国には文字はなかったが、当然だが言葉はあった。例外はあるものの、基本になる言葉は二音から成っている。例えば体に関する言葉には、目、頭、額のように一音や三音のものもあるが、眉、鼻、口、頬、耳、顎、首、肩、胸、腹、腕、肘、指、爪、肌、骨、肉と、ほとんどが二音でできている。

季節は春、夏、秋、冬であり、一日は朝、昼、晩、夜。自然も山、川、池、堀、溝、空、雲、雨、風のように、基本は二音なのだ。

この国の言葉に、外国から伝わった文字を当てはめたのが漢字で、それを極端に崩して作ったのがひらがな、漢字の一部を使って生まれたのがカタカナである。

などなど、という調子で始め、偏と旁《つくり》に進むのでわかりやすい。

勉学の意欲に燃えているだけでなく、もともと聡明だからだろう、和の憶えは早かった。乾ききった土が水を吸うように、急速に学び取ったのである。

これは少しあとの話になるが、芙弐がそろそろ本格的にお習字をと思ったころ、池田盤晴が重そうな風呂敷包を提《さ》げてやって来た。

「大村家の嫁となられた和どのへの、わたしからのささやかな祝いの品だ」

言いながら、硯と墨、何本かの筆、文鎮、下敷き、水差しを、次々と並べ始めた。

「それから」と盤晴は風呂敷包を解いた。「捨てるだけの反故《ほご》紙だが、裏は習字の稽古に使える」

きつく縛ってきた風呂敷を解いたために、反故紙はフワーッと持ちあがって、二尺(約六十センチ)ほどの高さになった。同時に濃厚な墨の匂いが漂う。

繰り返し礼を述べる和と芙弐に、盤晴は照れくさそうな顔をした。「捨てるだけの」と言ったが、紙は貴重で、反故ではあってでも下貼りや紙縒《こよ》りなど、いくらでも使い道はある。

新品の料紙《りようし》ではかえって恐縮するだろうと思い、裏に習字できるとの理由で反故紙を選んだのは、盤晴の気遣いであったのかもしれない。

たまたま嘉一郎に本を持って来たとき、必死になって学んでいる和の姿を見て、心を打たれたにちがいなかった。池田盤晴もまた、嘉一郎の嫁を心から気に入ったのである。

十四

新野平左衛門と打ちあわせてから、中一日置いた夜、芦原讃岐は屋敷に岩倉源太夫と岡本真一郎を呼んだ。

「次の評定で林甚五兵衛に関する問題を取りあげ、藩庁より大村兄弟に仇討免許状を与えることにする。当然だが殿の許しはいただいた」

「……！」

ある程度は事情に通じていた岡本は平静であったが、驚いたのは源太夫である。

「岩倉に対しては、すべてが明確になるまで打ち明けられない、との事情があったのですまなかったと思っておる。なにしろ兄弟の師匠であるからな、迂闊《うかつ》なことを申して、あとで状況が変われば、とんでもないことになってしまう」

「そのご配慮は、中老としては当然のことです。わたしは、まさかこれほど早く免許状がくだされるとは思っていなかったので、それを驚いているのです」

「驚いたか」

「当然でしょう」

「そうか、驚いたか。驚け、驚け。驚きついでに、もっと驚かせてやる」

中老の悪ふざけとしか思えぬ口ぶりに、岡本はあっけにとられたのだろう、目を白黒させていた。

「驚くだけではのうて、感激するがいいのだ。殿は弟子を思いやる師の心、わかっておろうが弟子とは大村嘉一郎と圭二郎の兄弟、師とは岩倉源太夫だな。殿は、弟子を思いやる師の心は美しいものである、予はよき家来に恵まれたと、御側用人の的場彦之丞どのに申されたそうだ」

「ありがたいお言葉で、なんと申してよろしいのやら」

「これくらいで感激するなよ。続きがあるのだ」

そう言ったきり、讃岐は黙ってしまった。

岡本もそれについては知らないので、好奇心を隠しもしないで次の言葉を待っている。

「じらさんでくれよ」と言ってから、源太夫はあわてて詫びた。「これはとんだご無礼を」

相手はかつての道場仲間とはいえ、中老である。だが、讃岐はまるで頓着しない。

「殿が次のように洩らされたと、的場どの書簡にあった。いいか、耳の穴をほじって、よっく聞け。……これでようよう、岩倉に借りを返すことができる。ずっと心の重荷になっておったのだ、とな」

「まさか」

「まことだ」

「わたしのほうこそ、屋敷と道場を建てていただいて、お礼の申しようもないほどなのに」

「稲川の刺客を倒し、新野さまの密書を的場どのに届けたからこそ、殿の藩政改革は成った。岩倉が考えている何倍も、殿の評価は高いのだ」

「……！」

「どうだ、感激したであろう」源太夫が答えるより早く、讃岐は続けた。「さて林の件だがな」

かれが語ったのは、筆頭家老新野平左衛門と打ちあわせた内容である。

当然だが、藩主九頭目隆頼は大村の家禄を旧に復される腹だと、新野が言明した件については触れなかった。源太夫が知れば、兄弟に話さずにいられぬのがわかっているからである。

段取りを確認した源太夫は、礼を述べて芦原屋敷を辞し、組屋敷の大村家に向かった。途上、道場に住みこませている圭二郎を、連れ出すつもりである。

城下においては、非常時でないかぎり藩士は決して駆けてはならない。何事が起きたのかと、領民が不安になるからである。

だが気が急くので、源太夫は自然と大股になった。弾むように足取りが軽い。例によって提灯は携行していなかった。

時刻は五ツ（午後八時）を、少しまわったばかりだろう。かれは嘉一郎と圭二郎に、一刻も早く仇討免許状がおりたことを伝えて、喜ばせたかったのである。

それにしても、芦原讃岐が背後で力を尽くしてくれたのが、たまらなくうれしかった。もちろん、予想もしていなかった綾部善之助の手記という僥倖《ぎょうこう》に恵まれはしたが、それは大村兄弟や芙弐の必死の願い、讃岐の江戸との遣り取りに対する、天の配剤だったのかもしれない。

重職たちの屋敷地を抜け、大橋を渡って南進し、途中で左折すると、左に調練の広場、右に源太夫の屋敷と道場がある。

かれは母屋には向かわず、道場の控え室の戸を引いた。薄暗い行燈《あんどん》の灯りのもとで、弟子は居合の練習に励んでいたらしい。刀身を静かに鞘に納めた。

「ついて参れ」

ひと言命じると源太夫は踵《きびす》を返し、弟子にかまわず先を急いだ。

ひたひたと足音が追って来たが、明神橋にかかるまえに、師を上まわる歩幅の持ち主である圭二郎の巨軀《きょく》が、源太夫に並んだ。

圭二郎は源太夫の一言で事情を察したらしく、無言のまま師の横をひた歩いた。

橋を渡って右に折れ、濠に沿ってしばらく進むと徒士の組屋敷となり、その端に大村家がある。

「御免。夜分に失礼いたす」

隣近所に聞かれることを考え、源太夫は声を落とし、名を告げなかった。

すぐに戸が引かれ、顔を出したのは和である。二人を見て何事が起きたかを察したのだろう、全身が緊張したのがわかった。

「嘉一郎どのは御在宅か」

「はい、おります。さ、どうぞ」

和もちいさな声で応じた。

居間では芙弐が和に裁縫《さいほう》を教えていたらしく、両手を突いてあいさつすると、針山を裁縫箱にしまい、布を横に片付けた。隣室から嘉一郎も姿を見せたので、家族の全員がそろった。

「おかまいくださるな」

和が茶を淹れようと台所に向かいかけたので、源太夫は制した。

「大事な話なので、和どのにもいっしょに聞いてもらいたい」

なおもためらう和を芙弐が目顔で、嘉一郎の斜めうしろに坐らせた。

張り詰めた空気の中で、全員の視線が源太夫に注がれた。かれは嘉一郎、圭二郎、芙弐、和を順に見、目を当主の嘉一郎にもどした。一瞬の間を置くと、源太夫は一気に言った。

「三日後の評定で、大村庄兵衛どのが林甚五兵衛に殺害された上、藩の金を着服した罪をかぶされたことが明らかにされ、二人に対して、仇討免許状がくだされることになり申した」

はッと、だれもが息を呑んだ。喜色がその面《おもて》に満ち、家族は互いの目を縺《もつ》れさせるように絡ませた。

「せ、先生」と嘉一郎は声を詰まらせ、そして掠れ声で続けた。「本当にありがとうございました。なにもかも、先生のご尽力のおかげです」

「いや、ご家族の熱き思いが、綾部善之助どのに筆を執らせたのだ」

そこで源太夫は、仇討免許状がおりるに至った経緯を話した。続いて評定日の段取りを語り終えると、改めて全員を見まわした。

「明日、明後日、そして評定当日の朝までは、これまでとまったくおなじように振舞ってもらいたい。林甚五兵衛に親《ちか》しい連中だけでなく、親類縁者や隣近所に対しても、決して気取《けど》られてはならないのだ」

「わかりました」

嘉一郎の言葉に、源太夫はおおきくうなずいた。

「それでは先生、助太刀をよろしくお願いいたします」

「兄上、なにを申されるのですか」

圭二郎が、血相を変えて嘉一郎に嚙みついた。

「殿さまが先生の助太刀を、認めてくださっておるのだ」

「そんな甘い考えでは、林は討てません。肉を切らせて骨を断つ、それくらいの覚悟がなければ、仇討ちを成就できるわけがない」

「その意気やよし、だ。では庄兵衛どのに、報告させていただくとしようか」

源太夫の言葉を聞くと、和は台所に向かい、それからに隣室に消えた。

「嘉一郎、そして圭二郎」芙弐がおだやかに二人に声をかけた。「相手は林です。それを忘れてはなりません」

母の言葉に、兄と弟はばつが悪そうに顔を見あわせて苦笑した。

「では、岩倉さま」

うながされて隣室に通ると、組頭のころの名残だろう、徒士の家には立派すぎる、柿の木で造られた仏壇が据えられていた。すでに扉は開かれ、立てられた線香からは、ゆるやかに煙がのぼっていた。

焼香台の、香炉の炭火には薄く灰が被せられ、抹香《まっこう》入れが並べて置かれている。和が、先が読める利発な女性だということが、それだけでもわかった。

源太夫が庄兵衛の位牌《いはい》に両手をあわせると、嘉一郎、圭二郎、芙弐、そして和が続いた。さすがに芙弐の合掌《がっしょう》は、家族のだれよりも長かった。

「もどるまで、なにも言うでない」

大村家を出ると、源太夫は圭二郎に念を押した。弟子が都合の悪いことを口走ると、危惧《きぐ》したわけではない。あくまでも、念を入れてのことである。

「はい」

圭二郎は素直に応じた。

屋敷に入ると、道場と母屋の境で圭二郎は立ち止まった。その肩をぽんぽんと源太夫が叩いた。

「明日話す。気を鎮《しず》めてよく眠るように」

「わかりました。……おやすみなさい」圭二郎は深々と頭をさげた。「ありがとうございました」

源太夫の顔を見るなり、みつはなにかを感じたようだが、夫が口を切るのを静かに待っていた。芦原讃岐の屋敷では、普段は冷静な源太夫もいつになく興奮ぎみであった。しかし、大村家への報告もあったので、自分の屋敷にもどったころには、心も鎮まっていた。

源太夫は理路整然と、そして淡々とみつに話した。

聞き終わったみつは、目に薄っすらと涙を浮かべた。やがて雫《しずく》が落ちでもするように、ぽつりと言った。

「それでも家禄は、旧に復してはもらえぬのでしょうか」

「そうならなくては画龍点睛《がりようてんせい》を欠くと思うが、こと政《まつりごと》に関しては、わしには見当もつかん」

「でも、ようございました。少なくとも、汚名は雪《そそ》げるのですから」

「代償がおおきすぎた」

不機嫌な夫の言葉に、みつは自分の迂闊さに気づいたのだろう、顔を赤くすると俯《うつむ》いてしまった。


丁度そのころ、大村家では和が芙弐に両手を突いていた。

「母上にお願いがございます」

「……？」

「組頭の妻としての、心構えをお教えいただきたいのです」

その言葉に、芙弐はまじまじと嫁を見た。

「儚《はかな》い夢を見るでない」

「いえ、わたしは決してそのような意味で申したのでは」

「仇討ちが許されたというだけのことです。今は、それ以上のことを考えるべきではありません」

「わたしはなにも知りませんので、そのために嘉一郎さまが陰で笑われるようなことがあっては、申しわけないのです。母上に文字や縫物、それに活《い》け花の心などを教わるにつれて、自分があまりにも物を知らないことがわかり、恥ずかしくてなりません」

「であれば、なにも恥じることはない」

「……？」

「知らないことより、知ろうとしないことのほうが、よほど恥ずかしいのです。それに心構えに関してなら、和どのは立派な組頭の妻ですよ」

義母の言葉の真意が理解できなかったのか、和は唇を噛みしめて考えこんでしまった。

十五

水音がしているのには気づいていたが、源太夫はいつもの時間に母屋を出た。

井戸端で下帯一つになった圭二郎が、釣瓶《つるべ》で水を汲みあげては、頭からかぶっていた。源太夫には圭二郎の白い裸体が見えたが、普通の者にはぼんやりとしたなにかがいるとしか、わからなかっただろう。七ツ（午前四時）の空はほぼ闇である。

「道場で待つ」

「すみません。すぐ参ります」

圭二郎に稽古をつけていることを知られてはならないので、あれ以来、早朝の道場の窓は閉め切っている。そのために稽古に応じて燭台《しょくだい》を何基か置くのだが、その日はちいさな行燈を一つだけ点《つ》けて、源太夫は弟子を待った。

しばらくすると、圭二郎はすっきりした顔になってもどったが、目が赤かった。

「一睡もできなかったようだな」

「はい」

圭二郎は正直に答えた。

「平常心を保《たも》てと言っても、どだいむりであろう。明日が評定日では」

「今晩はぐっすり眠れるでしょうから、そうすれば問題ありません」

さて、思ったように眠れるだろうか、とは源太夫は言わなかった。

「今朝の稽古は休みだ。胡坐をかいて楽にしろ」

「大丈夫です。それに体を動かしているほうが、気がまぎれますから」

「体を動かすのは、みんなが来てからで十分だ。……気休めで言うのではないが、圭二郎は林甚五兵衛に勝てる」

「……！」

「林はわしらよりひとまわり上の世代では、抜きん出た力量の持ち主であった」

「母が申しておりました。おそらく今でも、先生以外には、林に勝てる者はいないだろうと」

「それは、圭二郎を発奮させようとしてのことであろう。しかし、麒麟《きりん》も老いては駑《ど》馬《ば》に劣《おと》る、と言う。いかなる者であろうと、いつまでも力を維持し続けられるものではない」

「とは言いましても」

「考えてもみろ、林は還暦だ。人生を一度終えて、子供に還《かえ》ると言われておる齢だぞ。まあ、子供に還ることはないにしても、日々、力は衰えておる。それに比して、圭二郎は着実に力をつけてきた」

「しかし、あのとき、当分のあいだ道場に住みこむことになると」

「たしかにそう申した。何年かかるかわからんというのが、正直なところだった。だが圭二郎は、予想をはるかに超える速さで伸びておる。わしが見たところでは、坂を登る圭二郎と、坂をくだる林はすれちがって、今や位置は入れ替わった。気休めで言うのではないが」

「先生、そのお言葉は二度目です」

「気づいたか。それだけ落ち着いておれば心配はない」

「落ち着くもなにも、前日のことならともかく、つい最前《さいぜん》申されたばかりです」

しかし、源太夫は圭二郎の抗議を無視した。

「綾部どのが嘉一郎に打ち明けた翌朝から、差し料が変わったな」

「お気づきでしたか」

「それくらいがわからずに、道場主が務まるか。腰の物は武士の魂ぞ」

「恐れいります」

「昨夜、居合をやっておった。自分の体の一部となるまで、早く刀に慣れろと母上に言われたのであろう」

「……はい」

「さすが芙弐どのは、元徒士組頭の妻女だけのことはある」

「無銘ですが業物《わざもの》だとのことです」

「見せてくれ」

圭二郎は一礼して控え室に去ると、ほどなく大刀を手にもどった。

源太夫は受け取ったが、ずしりと持ちごたえがある。

鞘を払うと、刃長は二尺六寸（約七十八センチ）ほどであろうか。肉厚で反《そ》りもかなりあり、肌は杢目《もくめ》肌、鍔《つば》は真円でおおきく厚味があって、いかにも実戦向きに鍛えられていた。

近ごろの作りは細身で刃も薄く、刃長二尺二寸（約六十六センチ）くらいが好まれるが、それらに比すと重厚で無骨に感じられた。どのような方法でかは知らないが、これを入手した大村家の先祖の目はたいしたものである。

そしてこれだけの大刀を使いこなしたとなると、大柄で膂力《りょりょく》もすぐれていたのだろう。血は争えないものである。父の庄兵衛もそうだったが、兄弟も立派な体格をしていた。

圭二郎は大柄なだけでなく、日々の鍛錬で筋骨隆々としている。さらには投避稽古をはじめとした工夫で、驚くほどの敏捷さも身に付けていた。

「相手が還暦の老人だからと侮《あなど》ってはいかんが、恐れることもない。自然《じねん》に振る舞えば、勝てるはずだ」

弟子は何度もおおきくうなずいた。

「振りあげた太刀の下こそ地獄なり、身を捨ててこそ浮かぶ瀬もあり、との言葉もある。肉を切らして骨を断つ覚悟で臨めば、今の圭二郎ならかならず林を倒せる。自信を持って、しかし無心で当たれ」

「先生のお言葉で、心が平らかになりました。ありがとうございました」

「わしは立ちあうが、助太刀はせん。わしのことは忘れろ」

「はい」

「圭二郎は林より七寸（約二十一センチ）は大柄な上、大刀の刃長も三、四寸（約九～十二センチ）は長い。勝負はわずかな差でも決する。ましてや、それだけの差があれば圧倒的に有利だ」

「…………」

「先日の香須賀飛水との真剣勝負で、わしは相手が長柄刀を用いるのを知りながら、敢えて自分も用いた。刃長がおなじであったからだ」

意味が理解できなかったらしく、圭二郎は小首を傾げた。

柄も刃長も同一であれば、あとは身丈《みたけ》と攻撃の速さで勝負は決まる。

両手を一杯に拡《ひろ》げた長さが一尋《ひとひろ》で、身長とほぼおなじとされている。香須賀は源太夫より五、六寸（約十五～十八センチ）ほど小柄であった。ということは、腕の長さが二寸半（約七・五センチ）から三寸（約九センチ）ほど短い。肩幅の広さを考慮しても、少なくとも一寸（約三センチ）は短いはずだ。

長柄刀での戦いは、斬りあいでも有利だが、突撃のほうがさらに効果がある。抜いた大刀を地面に水平にして突き進むと、撥《は》ねのける余裕はないし、簡単には躱《かわ》せないので、おなじように突き進むしかない。

武尾福太郎との果たし合いで長柄刀を用いた源太夫は、武尾の咽喉仏を貫くことができた。おなじ長さの長柄刀を用いた香須賀との戦いでは、腕の長さが勝負を決めた。

さらに言えば、源太夫は武尾のときよりも、前傾の度を強くした。それによって一段と有利となり、切っ先が香須賀の額を一瞬速く突き抜いたのである。

それらを勘案すれば、圭二郎は林に対し圧倒的とは言わないが、相当に有利なはずであった。

「あとは、相手を上まわる速さですね」

じっと考えていた圭二郎は、納得したようにそう言った。源太夫は、弟子の言葉におおきくうなずいた。

「そろそろ、勇太たちが来る時刻だな」

「もう、そんなになりましたか」

圭二郎は行燈の灯を吹き消すと、立って、道場の窓を順に開けてまわった。朝のさわやかな光が射し、同時に雀たちの囀《さえず》りも流れこんできた。

源太夫が庭に出ると、軍鶏の餌箱に練餌を落としていた権助が気づいて、お辞儀をした。うなずいた源太夫は、下男のうしろに付いてまわりながら、一羽一羽の軍鶏の調子を観察し始めた。

いつもながらの朝が来たのである。

一夜が明けて遂に評定の当日となったが、圭二郎はそれまでと変わることなく、源太夫に稽古をつけてもらい、若い弟子といっしょに道場を拭き清めた。

家にもどると、普段とおなじように朝食の用意がされていた。ちがっていたのは、兄弟の箱膳にはちいさいながらも鯛の尾頭《おかしら》つきが、小皿には栗と昆布が添えられ、そして吸い物は菜鳥《なとり》、つまり鴨《かも》であった。

搗栗《かちぐり》と昆布は「勝ちて喜ぶ」に、菜鳥は名取りに掛けた、武士の戦には欠かせない縁起物であった。女性たちは言葉ではなく、そのようにして夫や子の勝利と、身の安全を願ったのである。

しかし、おなじように尾頭つきの鯛が出ていても、坐る席は厳然と分けられていた。兄の嘉一郎は畳敷きの座敷であり、弟の圭二郎は母や和とともに板の間である。

「昨夜はよく眠れたようですね」と、芙弐が言った。「前の日は赤い目をしていましたが、今日は清々しい顔をしていますよ」

「体も軽いので思うように動けるでしょう」

「嘉一郎さまは」と、和は新婚の夫をちらりと見てから、義母と義弟に笑いかけた。

「一睡もできなかったのですよ。一晩中、寝返りを打っていましたから」

「仲のいいこと」

「え、なにがでしょう」

「嘉一郎が一睡もしていないのを知っているということは、和どのも眠っていないことになります」

「……！　あっ、そうですね。自分から打ち明けたみたいで」

「それだけ、正直だということですよ」

芙弐の言葉に、嘉一郎も笑った。

「正直は正直でも、上に馬鹿がつく」

「まあ、ひどい」

和がふくれ面をすると、芙弐がおだやかに収めた。

「ええ、でも、不正直よりはよしとしなければ」

四人はひとしきり笑ったが、それがおさまると、芙弐が嘉一郎と圭二郎に膝を向けた。

「存分に働いて、お父上の恨みを晴らしてください。……圭二郎」

「はい」

「覚悟はできておりますね。決死の思いで立ち向かうのです。振りあげた太刀の下こそ地獄なり、身を捨ててこそ浮かぶ瀬もあり、との言葉もあります」

先生からも聞きましたとは言わず、圭二郎は素直にうなずいた。

「肝に銘じます。では、わたしは道場にもどりますので」

「ここで待つようにと、先生に言われたではないか」

林甚五兵衛については四ツ（午前十時）から始まる評定の冒頭で取りあげ、ただちに藩庁が大村兄弟に仇討免許状を出す。三人の目付によってそれが届けられるが、おそらく半刻もかからないだろうとの話であった。

「はい。でも先生は評定までは、平常とまったく変わることのなきように過ごせ、とも申されました。わたしは道場にもどり、体を動かしてまいります。ちょうど、いい準備になるでしょう」

「わかりました」と、嘉一郎より一瞬早く芙弐が言った。「そちらに用意してあるので、着替えて行きなさい」

母に目顔で隣室を示された、圭二郎はうなずいた。

真新しい羽織袴や小袖が用意され、その横には襷《たすき》と鉢巻きも置かれている。下帯だけは使い古されたものであった。新品だと強張《こわば》って、自由な動きを妨げるからである。

圭二郎はすばやく着替え、脱いだ衣類をていねいに畳んだ。

母と兄夫婦にあいさつして組屋敷を出ると、空はどんよりと曇っていて、西のほうがいくらか明るいくらいであった。

――いい日和《ひより》だ。これなら汗をかかなくてすむ。

それにいかに親の仇討ちとはいえ、大それた人殺しである。日輪の下で、胸を張っておこなうには憚《はばか》りがあった。

家を出ると、圭二郎は左手に濠を見ながら、東への道を進んだ。濠の水面を動くものがあるので見ると、カイツブリの母仔であった。先頭を行く母鳥のあとを、七羽の雛《ひな》が等間隔に並んで泳いでいた。

十六

定例の評定は、二の丸の評定所でおこなわれた。

列席したのは、筆頭家老の新野平左衛門など家老が五名、芦原讃岐をはじめ中老が七名、そして物頭の右城勘左衛門《うじょうかんざえもん》であった。

ほかの家老や中老には、とりたてて林甚五兵衛と親しい者はいなかったが、右城の母の妹、つまり叔母が林の妻であった。讃岐が警戒しなければならないのは、この物頭一人と言ってよい。

岡本真一郎ら三名の目付は、讃岐たちとの打ちあわせどおり隣室に控えていた。

「本日は評定に入るまえに、藩士による藩士殺害の件について報告する」

芦原讃岐の第一声に、新野を除く重職の面々は、だれもが驚きを隠せないようであった。

讃岐は全員の顔を見まわしてから、林甚五兵衛が大村庄兵衛を殺害したうえ、藩の金を着服した罪を被せた事実を告げた。その目撃者である綾部善之助の手記が、息子の真之助から目付に届けられたことを述べ、綾部の手記を読みあげた。

続いて、庄兵衛を検視した同心相田順一郎に対する調書が、それを裏付けていることを示し、おなじように読みあげた。

さらには金銭出納《すいとう》の記録を徹底的に調べたが、庄兵衛の不正の事実が一切なかったこと、それまでの期間に、かなりの使途不明金があることがわかったものの、それが林個人によるものかどうかまでは、特定できなかったことを明らかにした。

「かくなる事実が判明したからには、藩庁としては林甚五兵衛に厳しく対処する。同時に、大村家の嘉一郎と圭二郎に、仇討免許状を交付することとなった。まずは二通の書面を、篤《とく》とご確認いただきたい」

讃岐は綾部の手記を筆頭家老の新野に、同心の調書を反対側の家老に渡し、全員にまわすように指示した。

「異議あり」

予想どおり右城勘左衛門で、ものすごい形相《ぎょうそう》で讃岐を睨みつけていた。

「一度処分を受けた者に対しては、それを覆《くつがえ》さず、改めて問うことをせぬが、藩としての鉄則である」

「いかにも」

冷静な讃岐の返辞が右城を激昂《げっこう》させたらしいが、自分を落ち着かせるためにだろう、しばらく間を置いてから語り始めた。

「林どのはすでに七年まえ、禄を百石減らされ、一年間の閉門という厳しい処分を受けておる」

「厳しいというのは、右城どのの考えであろう」

「なにを申される」

「殿の諮問《しもん》を受けた老職一同の見解は、商人と結託して私腹を肥やした首謀の筆頭家老稲川八郎兵衛、物頭林甚五兵衛ともに切腹、家を廃すという厳しいものであった」

言葉に詰まった右城に、讃岐は淡々と続けた。

「あれほど軽い処分ですんだのは、殿の温情によるが、なぜなら藩政を本来の正しい姿にもどされるのが、殿のお考えの根本であったからだ」

そのために稲川と林に対する罰も、本来の半分程度という軽いものとし、表立った論功行賞《ろんこうこうしょう》もおこなっていない。政変につきものの極端な配置替えもせず、稲川派であっても報復人事は受けなかったのである。左遷《させん》されるとか、お役御免、あるいは閑職にまわされた藩士もほとんどいない。

「今回問題なのは、一度処分を受けた者の罪の見直しなどではない。闇から闇へ葬られようとしていた、藩士が別の藩士を殺害した上に、罪を被せたという、ゆゆしき冤罪に関する報告である」

さらに讃岐は、林による大村庄兵衛殺害の裏付けを取ると同時に、江戸表にお伺いを立てたことを明かした。そしてかれは決定的とも言える決め台詞《ぜりふ》として、源太夫の言葉「藩士が重職に斬られたうえ罪をかぶせられ……」を持ち出したのである。

「当然、殿はそのことを最も重大な問題と、考えておいでであられる」

そこで讃岐は、藩主の仇討許諾の書を見せた。

「この件に関しては、冒頭に申したように、老職一同にお伝えするということで、評定にかける問題ではござらん。事後承諾ということになるが、ご了承いただきたい」

右城以外の全員が、おおきくうなずいて同意した。

藩主の許諾も得ているので、仇討免許状を直ちに作成し、目付が大村家に届けることが決まった。同時に目付を三人遣わし、大村家の兄弟、岩倉源太夫ともども林甚五兵衛宅に向かう。

「岩倉源太夫？　なぜに源太夫なのだ？」

右城が顔色を変えて、讃岐に詰め寄った。

「大村兄弟は腕が未熟であろうと、殿が岩倉源太夫の助太刀を認められた」

体の右に置いた大刀を摑むと、右城勘左衛門は顔をひきつらせて席を立った。

「右城どの、坐らっしゃい。今のは単なる連絡で、本題の評定はこれからですぞ」

筆頭家老新野平左衛門がぴしゃりと言うと、右城は「謀《たばか》りおったな」とつぶやいたが、全員の冷たい視線を浴びて、渋々と腰をおろした。

そのころには、右と左にまわした綾部の手記と相田の調書が、芦原讃岐の手許にもどっていた。

隣室に控えた岡本真一郎が、予《あらかじ》め用意しておいた大村兄弟に対する藩庁の仇討免許状を差し出すと、新野が署名した。岡本は押し戴《いただ》くと評定所を退出し、待っていた二人の目付を伴って、急ぎ大村家に向かった。

大村家に着いた岡本らは、芙弐、嘉一郎、そして和に藩庁の決定を伝え、遺族に仇討免許状を示してから、嘉一郎に手渡した。そして嘉一郎を伴うと岩倉道場に向かい、源太夫と圭二郎が加わって、林甚五兵衛の屋敷へと向かったのである。

兄弟と源太夫、そして目付の計六名が林甚五兵衛の屋敷に着いたのは、九ツ（正午）の少しまえであった。

「藩庁の使いである。開門、開門！」

岡本は「カイモーン！」と節をつけて、声を張りあげた。

林家は百石の減石のために、耳門《くぐり》のついた門ではなく冠木《かぶき》門となっている。あわただしい足音がしたが、門前に並んだ六名に驚いたらしく、すぐに門は開けられた。

「藩庁からの通達である。林甚五兵衛は在宅であるか」

「は、はい。しばしお待ちを」

よほど驚いたのだろう、若党は転びそうになりながら駆けて行った。

門を潜ると飛び石の先に玄関がある。右手が表座敷となり、その前が庭になっていて築山や泉水があるが、嘉一郎が父庄兵衛の遺骸を引き取りに行った以前の屋敷よりは、石高に応じて小ぢんまりとしていた。

かれらは庭で待った。兄弟はそのあいだに襷《たすき》がけになり、真白い鉢巻をきりりと締め、袴の股立《ももだ》ちを取った。

ほどなく現れた甚五兵衛は、着流しに雪駄《せった》履《ば》きで大小を差している。

「林甚五兵衛。藩庁からのお達しである、篤《とく》と承《うけたまわ》れ」

林は岡本を無視し、嘉一郎と圭二郎に小馬鹿にしたような目を向けた。

「大村の小倅《こせがれ》二人がそろっておるところを見ると、逆恨みで仇を討ちに参ったということか」

源太夫は静かに見守っていたが、兄弟は臆《おく》することなく、動揺する気配もまるで見られなかった。

嘉一郎が懐より仇討免許状を出して拡げ、それを林に見せた。すかさず岡本真一郎が書面を取り出して、嘉一郎と圭二郎に仇討免許状がくだされた理由を読みあげた。

結論として、林が正当な理由なく大村庄兵衛を殺害し、おのが着服した藩庫の金の罪をなすりつけたのは、武士にあるまじきおこないである、よって、二人の遺児に仇討を許可し、岩倉源太夫の助太刀を認める、というものであった。

ひと呼吸おいて、岡本は声を張りあげた。

「この通達は、林家の門、および城内の高札場《こうさつば》に貼り出すものである」

藩士用の高札場は、城内三の丸から二の丸に移る門脇にあって、通達はそこに貼り出すのが通例であった。さらにそれぞれの頭《かしら》から、上意下達されるのである。

城下の、東西と南北の大通りが交叉《こうさ》する常夜燈の辻などにも高札場はあるが、こちらは原則として農工商の領民に向けてのもので、藩士に関する文書は原則として貼り出さなかった。

岡本の声は甲高《かんだか》くてよく通るので、一体何事が起きたのかと、林家の門内を覗きこむ者もいたし、辻や塀の陰に立って、じっとようすを窺う者もいた。

「小僧、柄だけはおおきくなったようだが、まだまだわしは討てぬ」

林は圭二郎を嘲弄《ちょうろう》したが、まるで挑発に乗らずに平然としているので、嘉一郎に顔を向けた。

「そっちの木偶《でく》の坊は、見たことのある顔だな。……そうか、親父の死骸を引き取りにきた坊主か。なんだ、その屁っ放《び》り腰は。おまえは刀を抜くな。抜かねば見逃してやるが、抜けば怪我ではすまぬぞ」

源太夫は考えるところがあって、終始無言で、足を肩幅に開き、膝を心持ち曲げると、両手をだらりと垂らしていた。それは源太夫が、どのような相手のいかなる動きに対しても、極めてすばやく、しかも自然に対応できる型であった。

一言も発しなかったのも、源太夫の作戦である。そしてかれのねらいは、効果をあげ始めていた。

林は兄弟のみを相手に、決して源太夫を見なかったが、かれを最も警戒しているのは明らかであった。

「親の仇を討ちたいという気持はけなげだが、相手が林甚五兵衛だったことを、不運と諦めるのだな。憐《あわ》れではあるが、返り討ちにしてくれるわ」

「この期《ご》に及んで悪あがきは、それくらいにされるがよろしかろう」

凛《りん》とした声が響くとともに、圭二郎はわずかに身を沈めた。

林の顔から笑いが消えた。源太夫は微動もしないで、どのようになっても対処できる体勢で、ただ見ている。

圭二郎の左手がゆっくりとあがって鯉口を切ると同時に、抜刀して突撃すると思いきや、そう見せただけで後退したのである。

——もう一つの蹴殺しを使うのか！

一瞬、驚いたものの、源太夫はすぐに圭二郎のねらいを読み取った。刃長を利しての、長柄刀とおなじ効果をねらったのだとわかったのだ。

かすかな驚きは感じたようだが、それに乗じて林は一気に攻勢に出ようとした。

圭二郎はそれを待っていたのである。見せかけの後退から、攻めに転じ、相手の突進に対し、一直線に大刀を突き出した。その刀身が林の胸を貫いた。

林は背後にどっとばかりに倒れた。

「嘉一郎、止《とど》めだ」

源太夫が声をかけたが、噴出する鮮血の凄まじさを見た兄は、すっかりうろたえてしまったようだ。

「苦痛を長引かせてはならん。止めを刺すのが、武士の礼儀ぞ」

「は、はい」

なおもうろたえている兄に、肩を上下させて荒々しい息をしながらも、弟の声が飛んだ。

「兄上、脇差！」

そのひと言でようやくわれに返ったらしく、嘉一郎は脇差を抜くと、林の首筋に切っ先を当て、なんとか止めを刺したのである。

「よくやった」と、源太夫は嘉一郎と圭二郎をねぎらった。「お父上のご無念は、一部とはいえ晴らすことができた」

続いて源太夫は、岡本たちに言った。

「目付の方々におかれては、篤とご確認の上、老職方にご報告を願いたい」

「しかと承《うけたまわ》った」

岡本の言葉にうなずくと、源太夫は兄弟に笑顔を向けた。

「あとはよい。母上と」そう言って、源太夫は嘉一郎に目を向けた。「和どのに報せて、喜ばせてあげろ」

「は、はい」そう言ってから、兄弟は声をあわせた。「先生、本当にありがとうございました」

襷をはずし、鉢巻をほどいて懐にしまい、一礼して兄弟が去ろうとしたとき、源太夫は圭二郎を呼びとめた。

「午後は道場にもどらなくてよいぞ。いや、引き払ってもいいのだな、ことが成った以上は」

「わかりました」

「まあ、当分は稽古どころではなくなるだろうが」

源太夫の言葉の意味がわからないのだろう、圭二郎は首を傾げた。

「よいよい、すぐにわかる」

つまり事実を知った者たちが祝いに駆けつけるはずだと、源太夫は言いたかったのである。しかし、人生経験の乏しい圭二郎だけでなく、嘉一郎もそこまでは考えがまわらないらしい。

軽い足取りで源太夫は道場にもどったが、打ちあわせる竹刀と気合声《きあいごえ》で、常に変わることなく活気にあふれていた。源太夫は見所《けんじょ》には向かわず、突っ立ったまましばらく稽古を見ていたが、だれもそんな師匠を気にすることなく励んでいる。

「よーし、しばらく稽古は中止だ。みんなに伝えたいことがある」

汗にまみれた顔が一斉に、源太夫に向けられた。

神棚の下、道場訓を背にして立った源太夫は、少し長くなるからと弟子たちを坐らせた。何列かの半弧となって坐り、弟子たちは師を見あげた。

源太夫はいつものようにもの静かに、しかし順序立てて、これまでの経緯を話して聞かせた。当然だが、だれ一人として大村兄弟による仇討ちは知らない。

さすがに弟子たちも驚いたようで、思わず声をあげたり、顔を見あわせたりするのだが、すぐに真剣な顔で喰い入るように源太夫に目をもどした。

林甚五兵衛が大村庄兵衛を斬り殺した上、罪を被せたところでは憤慨し、綾部善之助が自責の念に堪えかねて嘉一郎に打ち明けたことを知って、何人もがおおきくうなずいた。

藩主から兄弟に仇討免許状がくだされたのがわかると、涙を浮かべて手の甲で拭う者もいた。そして圭二郎が林を討ち果たしたのを知ると、拍手が沸《わ》きあがった。

「それだけだ。稽古にもどれ」

源太夫はそういって道場を出たが、弟子たちは稽古にもどるどころではない。いくつもの輪ができ、興奮して相手の言葉を聞こうとせず、自分の言いたいことをまくしたてていた。

しかし全員がそうだったわけではなかった。林の縁者、親しかった者やその子息、息子の仲間などは、いたたまれなくなったからだろう、いつの間にか姿を消していた。

源太夫が母屋にもどると、顔を輝かせながらみつが言った。

「おめでとうございます。本当にようございました」

「……ん？」

「お二人は念願どおり、仇が討てたのでしょう」

「なぜわかった」

「道場で拍手が起こりましたもの」

「なるほど」

「それにおまえさまのお顔を見れば、一目瞭然でございますよ」

「顔に出るようでは、まだまだ修行が足らんな。……ん？　なにがおかしい」

「だってそれは、いつもお弟子さんにおっしゃってることですもの」

「これはきつい」

十七

禁止されているので走りこそしなかったが、嘉一郎と圭二郎の足取りは、ほとんど駆けるに近いほどの大股であった。

　明神橋を渡って右に折れ、濠沿いに西に進むと、組屋敷の外れの路上で母の芙弐と和が待ち受けていた。兄弟に気づいた母は何度もおおきくうなずき、和は叫びそうになったのか、思わず両手で口元をおおった。距離が次第に縮まっても、四人は言葉にならず、繰り返しうなずくばかりであった。

　そのとき、朝から続いていた曇天が嘘のように、雲に切れ間ができ、陽光が嘉一郎と圭二郎、そして芙弐と和に明るい光を投げかけた。

　兄弟が家のまえにたどり着くと、二人を誇らしげに見ながら戸を引いて母が言った。

「お父上に」

　それが、二人が林家をあとにして以来、家族が発した第一声であった。

「あッ、お聞きになりました？」

　和の上擦《うわず》った声に、玄関に入ろうとした三人は怪訝な顔になった。

「ほら、聞こえたでしょう」

　訳がわからず、芙弐と兄弟は顔を見あわせ、それから和を見た。

「一筆啓上《けいじょう》仕《つかまつ》り候《そうろう》って、頬白《ほおじろ》がお義父上に報せてくれたのですよ」

芙弐の顔に戸惑いの色が浮かんだ。あまりの出来事に気が動転してしまったのではないだろうか、とでも言いたげな目を嘉一郎に向けた。

「ほら、一筆啓上仕り候って。頬白ですよ、頬白。啼《な》き声が聞こえるでしょう、一筆啓上仕り候って」

和に何度も繰り返されて、三人は初めて耳を澄ました。たしかに小鳥が甲高い声で啼いている。

「ピッピピピッピ、ピピピピピ、ピッピ」との囀《さえず》りで、何度も聞いていると、和の言うように「一筆啓上仕り候」と聞こえないこともなかった。

「ああ」と圭二郎が言った。「一筆啓上仕り候、だ」

「ね、頬白がお義父上に報せてくれたのですよ、お二人の仇討ちを」

顔を輝かせた和の言葉に、三人は何度もうなずいた。そしてかれらは屋内に入ったのである。

用意は万端《ばんたん》整っていた。観音開きのまえの焼香台には、香炉と抹香入れが置かれている。正面に父庄兵衛の位牌、そして線香が薄青い煙を真直ぐにあげていた。

嘉一郎、圭二郎、芙弐、和の順に合掌し、報告をする。感極まったのか嘉一郎の肩が細かく震え、それに気づいた和の肩も震え始めた。

亡父への報告が終わると、兄弟の顔は虚脱したようになった。

「では、着替えなさい」と、母が二人をうながした。「昼食《ちゆうじき》にしましょう。早くすませないと、忙しくなりますからね」

「……？」

意味がわからずに、嘉一郎と圭二郎は顔を見あわせたが、ほどなくその意味を知ることになった。食事をすませて、ゆっくりと茶を楽しむ暇《いとま》もなく、訪《おとな》う者があったのだ。あっただけでなく、その後は引きも切らぬ状態となったのである。

まずおなじ徒士組屋敷の隣人たちが、まるで家のまえに並んで順番を待っているのではと思うくらい、入れ替わり立ち替わり祝いにやってきた。

普段はまるで注目されることのない下級藩士である徒士組の朋輩《ほうばい》が、こともあろうに仇討ちを果たしたのだ。ほどなく藩中の話題になることはまちがいないが、おなじ組屋敷仲間というだけなのに、かれらにとってはそれが自分のことのように誇らしいのである。

庄兵衛が金の使いこみが露見したために切腹し、家禄を四が一に落とされて、番丁に構える組頭の屋敷から、濠外の組屋敷に移されたときには、冷ややかであった連中が、まるで掌《てのひら》を返したように笑顔で駆けつけた。だが、それを責めることはできない。なぜなら、かれらは真実を知らなかったからである。

続いて親類が、次々と祝いにやって来た。中には「一族の恥さらし！」と罵《ののし》った者もいたが、そんなことは曖気《おくび》にも出さずに、兄弟の快挙を褒めそやした。当時のことを思い出して、ばつが悪そうに口の中でもごもごと曖昧に祝いを述べた者もいたし、「あの折は、知らぬこととは申せ、失礼つかまつった」と詫びる者もいた。

だが今さらそれをとやかく言う気は、芙弐をはじめ嘉一郎や圭二郎にもなかった。自分反応が大きかったのは、それだけ一族のことを思っていたからにほかならない。自分がおなじ立場に立たされたら、憤慨し、あるいは罵ったかもしれないのだ。

客足が途絶えたとき、兄と弟は思わず顔を見あわせ、互いの目の中におなじ思いを読みとった。

――父上の仇を討ち、冤罪を晴らすことができて、本当によかった！

二人の心を占めていたのは、その思いである。仇を討てたことはもちろんだが、父が藩庫の金に手をつけるような、卑劣《ひれつ》な男でなかったと証明できたことが、なによりもうれしかった。

しかし、一息ついたのも束《つか》の間で、どやどやと圭二郎の道場仲間が祝いにやって来た。顔が上気しているのは、稽古帰りだからというだけではなくて、だれもが手放しで興奮していたからだ。若いだけにはしゃぎようも無邪気であったが、やはり知りたがったのは、圭二郎が林甚五兵衛を倒したときのようすであった。

　圭二郎が答えようとしないので、代わりに嘉一郎が話すことになった。

「先生の助太刀なしで、圭二郎が一撃で倒した」

「どんなふうにですか」

「それがだな……」

「じらさないで」

「いや、じらしておるわけではないのだが、正直言って、あまりにもすばやくてわたしには見えなんだのだ」

　それが嘘でないとわかったからだろう、仲間の目が一斉に圭二郎に注がれた。圭二郎は困惑ぎみに首を振った。

「覚えとらん。気が付いたら、林が倒れておった。それだけだ」

「……！」

　道場仲間は目を見あわせていたが、そのうちに一人が言った。

「こうなると、若軍鶏ではのうて、立派な軍鶏だな」

「そうだ軍鶏だ。だが、単に軍鶏というのは変だろう。先生が軍鶏侍だから、軍鶏侍二というのはどうだ」

「なんだか、すっきりせん呼び名だぞ。しかし、当分は若軍鶏でいいのではないのか、若いことにはまちがいないのだから」

「わーかしゃも、わーかしゃも！」

一人が手拍子を打って囃《はや》すと、べつの者がやはり手を叩きながら声を張りあげた。

「圭二郎は強い、圭二郎はえらい！」

圭二郎は苦笑したが、芙弐と和、そして兄の嘉一郎は、若い道場仲間のはしゃぐさまを、目を細めて見ていた。

最初の道場仲間の一組が帰ると、別の組がやってきた。そのように三々五々、出たり入ったりしていたが、七ツ（午後四時）の下城時刻を過ぎると、城内の高札場で知ったり、上役や同僚から教えられた連中がやって来た。

中には矢立に料紙持参で、掲げられた通告を書き写してきた者もいた。

なんやかやで、家族が夕餉《ゆうげ》の膳に向かうことができたのは、五ツ（午後八時）をまわってからである。食事を終えて和が片付けをすませ、家族がゆっくりと茶を飲み終わった五ツ半（午後九時）に、うれしい来客があった。

「夜分にお邪魔いたす」

「仙右衛門だ！」

嘉一郎が顔を輝かせて玄関に走り出、戸を引くと、五合徳利をさげた大瀧仙右衛門が笑顔で立っていた。

「よう来てくれた」

芙弐や和とのあいさつがあり、世話になった礼を述べると、明るいうちはごった返すと思ったのでと、仙右衛門は遅い時間になった事情を話した。

徳利を渡された和が、台所に立つと「燗《つ》けないで冷やでいきましょう」と仙右衛門が言った。「はい」と返辞をすると、和は片口と猪口の用意を始めた。

「母上もお召しになりますか」

「せっかくのお祝いだから、少しいただきましょう」

和が四人のまえに猪口をならべると、芙弐がいっしょに飲むように誘った。嘉一郎を見るとちいさくうなずいたので、和は自分の猪口も用意した。

ささやかな祝いの席が整った。

「此度《こたび》はまことにおめでとうございます。いや、それにしても驚かされました。藩中、ひっくり返るような騒ぎです。のどかな園瀬の藩始まって以来の、まさに驚天動地のできごとですな」と言ったあとで、仙右衛門はぽつりと洩らした。「おかげでわたしも、これで腑《ふ》に落ちました。嘉一郎は、このことで悩んでおったのかと」

「なんでございますか、仙右衛門さま。思わせぶりな言い方でございますね」

芙弐がそう言ったが、

「いやいや、このことで悩んでいたのかと、わたしはようよう納得できたのです」

と、相変わらず要領を得ない。

「はっきりおっしゃってくださいな」

「本人をまえにしては、ちと」仙右衛門は思わせぶりに和を見て、そう言った。「と、そういうわけにもまいらぬようで」

大村家の全員に凝視されて、仙右衛門はしかたなさそうに話した。

「嘉一郎は、和どのを寡婦《やもめ》にすることになるかもしれんと、それを悩んでおったのだな」

嘉一郎はその言葉に、観念したようにうなずいた。

「和どのとの婚儀の話をもちかけたら、大喜びだったのですが、すぐにも色よい返辞をもらえると思ったら、梨の礫《つぶて》」

「あの日、帰ると綾部どのの使いが待っていたのでな」

「今日、高札を見て初めて、嘉一郎の不可解なおこないについて合点がいった」

「どう転ぶかわからぬので、迂闊なことは言えなんだのだ」

「わかっておる。わかっておる」

「そのかわり、なんでも訊いてくれ、包み隠さずに話す」

「二言はないな」

一瞬の迷いがあったが、嘉一郎はきっぱりと首肯《しゅこう》した。

「では訊こう」仙右衛門は目もとに悪戯《いたずら》っぽい笑いを浮かべた。「嫁としての和どのに、点をつけると何点になる」

「……！」

嘉一郎は言葉につまり、和は真っ赤になって袂《たもと》で顔を隠した。

「約束だ。さ、答えてくれ」

「仙右衛門どの、意地悪がすぎますよ」芙弐が笑いながら執り成した。「本人をまえに答えられる訳が、ないではありませんか。では、代理でわたしが申しましょう」

嘉一郎も和も、そして圭二郎も意外な言葉に驚いて母を見た。

「満点です。非の打ちどころがありません。本当によい嫁を世話してくださり、改めてお礼申しあげます。ところで仙右衛門どの」

「は、……はあ」

仙右衛門は戸惑ったような顔になった。

「次は圭二郎の嫁をお願いいたします」

「母上！」

思わず圭二郎が声をあげた。

「元服もすませておりますし、それにこんなことは、早めにお願いしておいたほうが、いい人が見つかりますから」

「わたしは妻帯なんぞ」

「剣一筋に生きる覚悟だとでも、言いたいのか」嘉一郎がまじめな顔で訊いた。「先生のように。……だが、先生も妻帯されておる、それも二度もだ」

「わたしはわたしなりに、少しばかり考えるところがありまして」

「まあ、いいではないか。今日明日のことでもない」と、嘉一郎は仙右衛門の猪口に片口から酒を注いだ。「せっかく仙右衛門が、祝いに駆けつけてくれたのだ。楽しく語ろうではないか」

めでたい席に、気が置けない友である。話は弾んで、結局、仙右衛門が大村家を辞すことになったのは四ツ半（午後十一時）ごろであった。嘉一郎が送って行くといって聞かないので、圭二郎も同道することにした。同い年の義姉が、少し心配そうな顔をしたからである。

兄弟と仙右衛門が出たあとで、芙弐は嫁の和を「非の打ちどころがない」と言ったことを、裏打ちされる事実に直面した。無数の名前が書かれた紙片を発見したのだが、それが和の手控えだということは、ひと目でわかった。漢字とひらがなが、混じり書きされていたからである。

「申しわけありません。お恥ずかしい」

「恥じることではありませんが、これは」

言いながら芙弐が見ると、「村山けいたろう様。いんどうぶ左え門様、お酒一升。赤つかひょうご様、お菓子の折」などと書かれていた。

「母上はお祝いにお見えになられたみなさまの、お名前とお顔がおわかりでしょうが、わたしは存じあげません。ひにちが経ってからお逢いして、お礼を忘れるようなことがあっては、ひどい嫁をもらったと、嘉一郎さまが笑われてしまいます。ですから、時々見ては思い出せるようにと」

「字は少しずつ教えてあげますが、……しかし、いい思い付きですね。和どのが自分で考えたのですか」

「はい」

「この控えを見ただけで、その人を思い出せますか」和がうなずいたので、芙弐は訊いてみた。「村山さまは」

目を閉じて、思い出しながら和は言った。

「三十半ばで中背、いくらか太りぎみで、赤ら顔の方でした。低い声をしていました」

「印藤さま」

「六十近く見えました。頭の周りを短い白髪《しらが》が取り巻いて、よく瞬きをしていたと思います」

「赤塚さま」

「四十くらいで、おおきな声でよく笑われる方でした。犬と猫、それに文鳥を飼っておられるとか」

「それだけはっきり覚えておれば、道ですれちがっても、あいさつを忘れるようなことは、よもやありますまい。では、明日からも記《つ》けてください」

「そういたします」

翌日もその翌日も、少しずつ減りはしたものの、祝いの客足は絶えなかった。そのため、家族がそろって菩提寺《ぼだいじ》に庄兵衛の墓参りをしたのは、仇討ちをおこなってから三日後のことである。

報告書がまとめられた評定日の翌日、継飛脚が発《た》って、通常は四日後に江戸藩邸に書類が届けられる。そして返書の必要があれば、着いた当日か翌日には園瀬への便が発つ。つまり、次の評定日の前日か前々日には届くことになっていた。

大村兄弟が父庄兵衛の仇である林甚五兵衛を討ち取った報告と、それに関するいくつかの伺書《うかがいしょ》への返書は、次の評定日の前日に届いた。

筆頭家老新野平左衛門は芦原讃岐に、藩主は大村家の家禄を旧に復される腹だと言明したことがある。さすが筆頭家老と言うべきか、その予言は見事に的中していた。

大村家は庄兵衛時代とおなじ百石となり、同時に嘉一郎は小頭《こがしら》になったが、それはごく近い将来、組頭に復帰することを意味していた。

それだけではない、二十五石という足軽よりはいくらかいいだけの禄ではあったが、圭二郎に分家を立てることが許可されたのである。低い禄だとは言っても、現在の大村家とおなじであった。部屋住み厄介《やっかい》と呼ばれる次三男たちにとっては、羨《うらや》むべき待遇と言えた。

一方、政変時に二百五十石から百石減らされて百五十石となっていた林家は、六分の一の二十五石にさげられた。政変まえの十分の一である。

とは言ってもそれは、濠外の組屋敷の大村嘉一郎家、さらに新たに与えられる圭二郎とおなじ禄であった。ちがうのは、大村兄弟は父の冤罪を晴らすことができたが、林甚五兵衛の長男には、その可能性がまるでないということであった。

綾部善之助は上司が罪もない藩士を殺害し、そればかりか罪をなすりつけた事実を目撃しながら、それを報告しなかった。本来なら当然罪に問われるのだが、死に臨んで事実を書き残したということで、息子の真之助は咎《とが》めを受けずにすんだ。

むしろ、それが大村兄弟の快挙のもとになったこともあり、藩士たちには、父親の正直さが好意的に受け止められたのであった。

評定の翌日、一連の事柄は高札場に貼り出された。

大村家の禄が旧に復した事実を知った藩士は、そこで初めて藩庁の処置に納得したのである。「不正はかならず暴かれ、藩士は理不尽な横暴に泣き寝入りする必要はないのだ」ということに。

高札場に貼り出しになるまえに、その事実は芦原讃岐から岩倉源太夫に、そして源太夫から大村家に伝えられた。

「明日からまたあわただしくなりますね」と芙弐が言った。「これだけは言っておきます。どんな相手であっても、礼儀正しく、わけ隔《へだ》てなく接しなくてはなりません」

そして芙弐は、嘉一郎と二人きりのときに言った。

「落ちぶれたら離れてゆき、よくなると寄ってくる。それが人というものです。人はそういうものなんです。ですから、事情が変わっても、以前とおなじように付きあってくれた大瀧仙右衛門どの、嘉一郎とならば苦労をしたいと言った和どの、この二人は生涯、大切にしなければ罰が当たりますよ」

「母上に言われなくても、身に沁《し》みてわかっております」

芙弐はにっこり笑うと、和が手控えを執っていたことを教えた。

嘉一郎は母が自分の妻を気に入ってくれたのがうれしかったし、母が気のせいか、ふっくらとし、血色も良くなったことで、心が明るくなったのを感じていた。

あるいは、病気ではなかったのだろうか。心労のために、一時的に痩せただけかもしれない。だとすれば、嘉一郎にとってこれほどうれしいことはなかった。和が働き者なので、これからは母にも少しは楽をしてもらえるだろう。

十八

岩倉源太夫は大村圭二郎を母屋に呼んだ。住みこんでいた道場はすでに引き払っていたが、父の仇を討った日以来、弟子は道場に姿を見せていない。

初めての真剣勝負で、相手を打ち倒したのである。心身の疲労は相当なものだろうと見当がついたので、源太夫も敢えてなにも言わなかった。

圭二郎には、釣りとか読書などという趣味もなく、友人といえば道場仲間くらいであった。まさか家でごろごろしているわけではあるまいが、と思いはしたものの、さほど気にはしていなかったのである。

ところが「困ったことになりました」と、兄の嘉一郎が相談に来たのであった。

父庄兵衛の恨みを晴らして以来、大村家の兄弟、とりわけ圭二郎は、園瀬の里では英雄扱いを受けていた。なにしろ師の源太夫から上の世代では、藩随一の遣い手であった林甚五兵衛を、たった一撃で倒したのだ。むりもないだろう。

剣の腕前が折紙つきの上、体格がよくて凜々《りり》しく、素直で礼儀正しい、しかもまだ十六歳の若武者なのだ。娘たちだけでなく、その親までもが熱い視線を注いでいたのは当然かもしれない。

嘉一郎が来たとき、源太夫はそれに関する相談だと思っていた。親類、上役、それとも縁故から、娘を嫁にしてほしいとの話が殺到し、圭二郎、いやかれだけでなく嘉一郎や母の芙弐が、困惑しているにちがいないと思ったのであった。

ところが、

「出家すると言い張りまして」

思いもしない言葉に絶句した。なぜなら源太夫には圭二郎がどうしてそのような決心をしたのか、まるで見当がつかなかったのである。ややあって、その思いがそのまま問いになった。

「僧になると？　なぜにまた」

「理由を訊いても、口を緘《かん》してひと言も喋ろうとしません」

「…………」

「せっかく殿さまに、分家を立てるようにという、格別なお計らいをしていただいたのに」

つまりそこには、謂《いわ》れなき汚名を着せて家族を長年に亘《わた》り苦しめたことに対する、藩としての謝罪の意味がこめられている。それは嘉一郎にもわかっているし、藩士たちの思いもおそらくおなじだろう。

「それなのに出家するとなると、まるで禄に不満があるようで」

「そう取られることもないだろうが」

源太夫はそう言いはしたが、それも宜《むべ》なるかなと思っていた。

「特に次三男には、圭二郎を妬《ねた》んでおる者もいるでしょう」

仇討ちを成し遂げて、せっかく好意的に見てくれているのに、そんな藩士たちの神経を逆撫《さかな》でしかねないと、嘉一郎は心配しているらしい。

「なにを考えているのか、口を閉ざした牡蠣《かき》のようなありさまでは、わたしとしましてもお手あげなのです」

「わかった。話してみよう」

そのような経緯があって、源太夫は藤村勇太に圭二郎を呼びにやらせたのである。

改めて礼を述べる圭二郎を制しながら、

「出家したいとのことだが、まことか」

「はい」

「よくよく考えてのことか」

「もちろんです」

「仇討ちを果たしてから、まだ二十日にもならん。熟考してのこととはとても思えんし、あとで後悔することになるぞ」

「いえ、それはありません」

「えらくきっぱりと申したな」

「わたしは僧になって、父庄兵衛と林甚五兵衛どのの菩提を弔《とむら》いたいのです」

「父上のことはわかるが、林は父上を殺害した上に罪を被せた敵《かたき》ぞ」

「先生はお気づきなのでしょう」

「なにをだ」

「林どのはわたしに討たれたのです」

「ああ、圭二郎が討ち果たした」

「いえ、そういう意味ではありません」

「……故意に、と言いたいのだな」

「やはり、おわかりでしたか」

「なるほど、圭二郎にはそこまで見えていたのか。わしもあの一瞬までそう見ていた。だがな、それはちがう。ちがうと言っても、納得できぬであろう。さて、どう話したものか。……わしはなんとしても、圭二郎に仇を討たせたかった」

「……！」

ゆえに源太夫は林甚五兵衛を牽制《けんせい》し、圧力をかけることにしたのである。それによって、徹底的に追い詰めようと考えたのだ。

大村兄弟に仇討免許状がおりた時点で、すでに林は追いこまれている。二人を返り討ちにすれば、藩主ばかりか多くの藩士たちの怒りを買うことになるのが必至だからだ。

しかし、かれが圭二郎に討たれることによって、藩の者たちが納得すれば、家禄を減らされることはあっても、家を絶やされはしないだろうことは、林にもわかっていたはずである。源太夫が圭二郎の背後に黙って控えていたのは、それが無言の圧力となるからであった。

源太夫は先の筆頭家老稲川八郎兵衛の放った刺客を倒している。その後も、元藩士の立川彦蔵、浪人武尾福太郎、江戸番町の道場主大谷馬之介を、さらには馬庭念流の遣い手霜八川刻斎、続いて香須賀飛水を真剣勝負で倒した。竹刀と木剣の試合でも多くの武芸者と立ちあったが、ことごとく撃退してきた。

武芸に秀《ひい》でた林甚五兵衛が、その事実を知らぬはずがなかった。圭二郎を斬っても、源太夫には敵《かな》わない。無言で圧迫をかけ続けることにより、かれは林を追いこんでいったのである。

　圭二郎を倒せば藩中の恨みを買う。圭二郎を斬ってから源太夫に討たれても、藩士たちの気持が変わることはないはずだ。であれば潔《いさぎよ》く討たれようと、林がそう考えるように源太夫は仕向けたのである。

「そして先生のお考えどおり、林どのはわたしに討たれたのです」

「ちがうな」

「なにがでしょう」

「たしかに林は討たれようと覚悟した、とわしもそう思う。あのとき、圭二郎はもう一つの蹴殺しを用いた」

「はい。咄嗟《とっさ》に体が動いたのです」

「あれが剣士としての林甚五兵衛の、血を掻き立ててしまったのだ。圭二郎の動きを見た途端、林は討たれようと決めていたのを忘れ、おのが年齢さえ忘れて、若い圭二郎との闘いにすべてを注いだ。双方が全力を尽くし、林は敗れたのだ。これに関しては、わしは確信をもって言明する」

　長い沈黙のすえに、圭二郎は強い光を放つ目を師に向けた。

「わたしの決意は、ますますゆるぎないものとなりました」

「…………」

「わたしはあのとき初めて、自分の心があまりにも狭く、愚かで、物事の底にあるものが、いえ、底どころか表面の、それもごく狭い範囲、いや一点しか見えていないことに、気づかされたのです」

圭二郎が言葉を選びながら、ゆっくりと、そして慎重に、自分の内面を語ろうとしているのがわかり、源太夫は心の居住まいを正した。

父を斬り殺した上に、金を着服したという武士にとって最も下劣な罪を被せ、一家をどん底に落とした林甚五兵衛。事実がわかり、圭二郎がなんとしても父の恨みを晴らさずにはいられなくなったのは、当然のことといえる。

そのためにひたすら鍛え抜き、思いつく限りの稽古を採り入れ、夢の中でさえ技を磨くほどの努力をした。御飯の一粒一粒を嚙みしめながら、道場の床を一拭き一拭きしながらも、林を倒すことのみを考え、思いをこめていたのである。

いざ仇の林本人と対峙し、まじまじとその顔を見、挑発の言葉を浴びせられても、圭二郎は少しも動揺しなかった。自分でも信じられぬほど平静で、まさに明鏡《めいきよう》止水《しすい》の心境だったのである。

道場仲間には、気が付いたら林が倒れていたと言ったが、圭二郎には林の動きのすべてが見えていた。それも、ゆっくりした動作に映ったのであった。相手の動きは緩慢であったが、かれは常どおりに動いた。当然の帰結として、圭二郎の大刀は楽々と林の胸を貫いたのである。

それは源太夫が繰り返し弟子たちに言った、「見ること、ひたすら見ること、見続けること」がもたらした成果であった。それを実現させるために、圭二郎はだれよりも投避稽古、矢躱稽古、そして梟猫稽古に励み、それが実を結んだのだ。だが、本人にはそれがわからないらしい。

「もっともっと厳しい闘いに、おそらく傷だらけにされる、いや斬り倒されるかもしれないと、覚悟しておりました」

ところがあっけないほど簡単に、圭二郎は林甚五兵衛を倒せたのである。

「驚くよりも、不思議でなりませんでした。なぜなのだと考え抜き、思い詰め、突然、林どのがわたしに討たれる覚悟だったとわかりました。すると、なぜそうしなければならなかったかの理由、背景、それが理解できたのです。武士とは哀しいものですね。先生のおっしゃるように、林どのが全力で立ち向かい、そしてわたしに敗れたとしたら、ますます虚《むな》しいと言うしかありません。ですからわたしは、父だけでなく、林どのの菩提を弔うため、僧になります」

源太夫は驚嘆しながら、弟子をまじまじと見た。これが十六歳の若者の言うことであろうか。この弟子は、またもや見事に脱皮してみせたのだ。

土砂降りの雨に叩かれながら三尺はあろうかという巨鯉を釣りあげ、そして釣り落とした圭二郎は、野中の藁置き小舎で悔しさのあまり、泣きに泣いたのであった。しかし源太夫の下男で、圭二郎が一夏を共に行動することになった権助のおかげで、自分を喪《うしな》うことをせずにすんだ。そればかりか、一まわりも二まわりも大きくなったのである。

あとになって権助が、しみじみと言ったものであった。「ゆっくりと若者になってゆく者もいれば、一日でなる者もいるのですね」と。

ところが今度は、一日にして若者から大人に成長を、それも十六歳という若さで成し遂げたのだ。

——圭二郎に較べ、自分の十六歳はなんと幼かったことか。

源太夫は、いささか苦い思いを味わわねばならなかった。

師匠は改めて弟子を見たが、全身が光輝《こうき》を発しているように感じられた。いや、たしかに発しているのである。それは、確たる信念を持った者の内面から生じる、清《せい》澄《ちょう》な気というものかもしれなかった。

とすれば、圭二郎が自分の考えを枉《ま》げることは考えられない。かれは自分の立ち位置を知り、いくつにも分かれた道をまえにして、確信をもって自分の進むべき道を選んだのである。

「相わかった。となると、わしはなにをしてやれるだろうか」

「もし、お力添え願えるのでしたら、正願寺の恵海和尚に弟子入りの労をとっていただけないでしょうか」

「だがそのまえに、母上と嘉一郎を説得せねばならんな」

「先生にはわかっていただけましたが」

「ああ。だが、簡単にはゆかんだろう」

たしかに困難であることは、源太夫にもよくわかっていた。引き受けはしたものの、説得に自信があったわけではない。ただし、愛弟子の決意の固さを知った以上、源太夫としてはそのままにはしておけなかったのである。

「ともかく、拙《せつ》の申すことを最後まで、口を挟まずに聞いてもらいたいのだ」

あいさつのあとで源太夫がそう切り出すと、芙弐と嘉一郎はちらりと目を見あわせた。かれがそう言っただけで、圭二郎が出家するのを思い止《とど》まらせることが、できなかったのを理解したらしい。

二人の表情は硬《かた》かったが、源太夫の話が進むにつれて、微妙な変化が現れ始めた。最初はとまどいがそのほとんどであったが、次第に意外さや驚き、さらには感心したような色さえ、見られるようになったのである。

源太夫が話し終えると、母と兄は考えをまとめようとしてか、しばらくは俯いて黙ったままであった。そして同時に顔をあげると、

「それでわかりました」

芙弐の言葉に、嘉一郎もうなずいた。

「だから、あのような言いまわしをしたんですね。圭二郎のやつ」

納得顔の二人に、今度は源太夫が、わけがわからず交互に母子の顔を見た。それに気づいた芙弐の説明によると、大瀧仙右衛門が紹介してくれた和が、とてもいい嫁だったので、圭二郎の相手も探してもらいたいと頼んだと言う。

「わたしは妻帯なんぞ」との圭二郎の言葉は、若さからくる照れだと思い、嘉一郎がさらに押すと、「わたしはわたしなりに、少しばかり考えるところがありまして」と、言ったのである。

「ではあのとき、圭二郎はすでに出家することを、決めていたのだろうか」

嘉一郎がそういうと、芙弐は首を傾げた。

「しかし、あれは林を打ち倒した、その夜のことでしたよ」

「いや、十分にあることだ」

源太夫の確信に満ちた言葉に、二人は顔を見あわせた。

「閃いたのかもしれん。林の胸を大刀で貫いた刹那《せつな》に、それまで見えなかったものが、一瞬にして見えたということは有り得る。剣の道でもおなじことがあって、いくら努力しても身に付かぬのに、不意に自分のものになることが、ある。たしかに、ある」

それが圭二郎の身の上に起きたのだ。かれは言ったではないか、「わたしはあのとき初めて、自分の心があまりにも狭く、愚かで、物事の底にあるものが、いえ、底どころか表面の、それもごく狭い範囲、いや一点しか見えていないことに気づかされたのです」と。

「正直に申すが、それがしは残念でならん」

意味がわからないからだろう、芙弐と嘉一郎は戸惑ったような顔になった。

源太夫が言いたかったのは、こういうことである。かれが長年かかってようやく到達した地点に、圭二郎は信じられぬほど短期間で達した。このまま突き進めば、自分をはるかに超える剣士になる可能性が大である。

「圭二郎はわれわれが考えるよりずっと高みにいて、はるか遠くを見ておるのです。であれば、どれだけの武芸者になるかもしれんからと、師の立場でわがままを押し付けるようなことがあってはならない。だから願いを叶えてやりたい。いかがであろう、圭二郎が出家することを、許してはもらえぬだろうか」

「許すも許さぬもありません」

芙弐がそこで言葉を切って唇を震わせたのは、涙を堪えていたのだろう。ややあって、

「岩倉さまというよき師に巡りあえたあの子は、本当に果報者です。圭二郎は岩倉さまに、剣の腕だけでなく、心も磨いていただいたのですね」

「先生がそこまで深く考えておられるなら、わたしたちに異存のあろうはずはありません。それにしても、大鯉で立ちなおらせていただき、仇討免許状を得られるように奔走していただき、それに此度の出家の件と申し、このご恩を、わたしたちはどのようにして返せばいいのでしょう」

「いや、偉いのは圭二郎です。……そう言えば、こんなことがあった」

源太夫の剣名があがったことで、弟子たちが急減した二つの道場のあるじ、大谷内

蔵助と原満津四郎がそれぞれ一番弟子を伴って、寺町でかれを挟撃したことがあった。源太夫は簡単に撃退したが、内蔵助は江戸の番町で道場を開いていた年子の兄馬之介を連れ、園瀬にもどったのである。

　大谷兄弟と原の三人は、岩倉道場にやって来ると、土足であがりこんで果たし状を突き付けた。弟子たちは憤慨したが、そのとき圭二郎一人が、三人が汚した床を拭き清めていたのだ。

「それがしは気づかなんだが、ずいぶん早くから圭二郎は、腕だけでなく心も磨いていたのですな。そんなことさえわからぬとは、師として恥ずかしいかぎりだ。そのためには、なんとしても恵海和尚を説得しなければ」

　最後は芙弐と嘉一郎にではなく、自分に向けての言葉であった。

十九

　檀家が来ればかならず噂をするからだろう、恵海和尚は大村兄弟の仇討ちおよびその後の顚末《てんまつ》について、源太夫が驚くほどよく知っていた。

　とは言うものの、仇討ちを遂げた本人である大村圭二郎が、師の源太夫を通じて弟子入りを申しこもうとは、さすがに予想していなかったふうであった。

「一人《いちにん》出家すれば九族天に生まる、と仏典にありましてな」

恵海はそう切り出し、源太夫にもわかるように簡潔に説明した。

「九族とは高祖《こうそ》、曾祖《そうそ》、祖父、父、自分、子、孫、曾孫《そうそん》、玄孫《げんそん》の、各九代にわたる親族のことで、過去の四族、自己、未来の四族を指します。一人が出家すれば、九族ことごとく天界に生まれるということですので、よき心がけと申せますが、もう少し詳しく話してはいただけぬであろうか」

当然のことであった。弟子に取ろうというからには、恵海にしても「頼みます」と言われ、「引き受けた」と即答できるわけがない。さらに弟子の面倒を見てもらう源太夫としても、なるべく細かなことまで知ってもらう必要があった。

源太夫が語るおよそ半刻ばかりのあいだ、結跏趺坐《けっかふざ》で瞑目《めいもく》した恵海は微動もしなかった。源太夫は、まるで仏像を相手に説得しているような錯覚に陥った。

話し終えても恵海はしばらくそのままでいたが、やがてゆっくりと目を開けると、じわーっとその表情が柔和になった。

「春川《はるかわ》どのと申されたかな」

「……？」

「美しい軍鶏をつくるために、強い軍鶏を育てると言っておった、岩倉どのの軍鶏の師匠だが」

「あ、ああ、お旗本の秋山勢右衛門さま」

「春川どのではなかったか。歳を取ると物忘れが激しゅうてならん。困ったものだ」

本気なのかとぼけているのかの判断がつかず、源太夫は曖昧な表情のまま恵海の言葉を待った。

「岩倉どのは、闘わなくてもよくなるために強くなりたい、そう申されたことがある」

「たしかに」

そのために源太夫は、相手の力を利して倍返しにし、一撃で倒す秘剣蹴殺しを編み出した。しかし技を薬籠中《やくろうちゅう》の物にできたと感じたとき、それだけでは十分でないことを痛感したのである。

どのような相手のいかなる攻撃にも応じられる剣、蹴殺しを超え、源太夫そのものとなる剣、それを目指さねばならないと気づいたのだ。最終目標は、相手に剣を抜く気持そのものを抱かせない、蹴殺しを超えた剣であった。となると、もはや秘剣などという言葉は、意味を持たなくなる。

秘剣に非《あら》ず、それをはるかに超越した剣。相手を圧倒し、柄に手をかけようという気にさえさせぬ、敵の力を封じこめてしまう剣。

不可能なことはわかっているが、源太夫は少しでもその域に近づきたかった。

「拙僧《せっそう》が岩倉どのの考えに共鳴するのは、まさにそこでしてな。それこそ、平穏な時代にあるべき剣の姿だと思います。戦時《いくさどき》には人を殺す武器としての剣の腕が求められますが、平時に必要なのは抑止力としての剣です。まさに岩倉どのの目指す、無意味な殺生《せっしょう》をさせぬ、相手に刀を抜かせぬ剣です」

「ではあるが、ことほどさように容易ではない」

「理想は高ければ高いほど、やりがいがあります。それに岩倉どのの究極の目的、その最大の成果は、すでにあがっておるではありませぬか」

「……？　和尚の碁の、これまでの石の運びから判断すれば、圭二郎を弟子にしていただけると、さように考えてよろしいか」

「父親だけでなく、仇討ちをした敵手の菩提を弔いたいという、それだけの逸材を受け容れいでどうします。しかし、それを育てた岩倉どのは、どうしてたいしたお方だ」

「それこそ、出藍《しゅつらん》の誉《ほま》れでしょう。わたしは剣を教えただけだが、わが弟子は剣だけでなく、心も磨いていたのです」

「弟子は師の背中を見て育ちますからな。となると、拙僧もいいかげんな背中は、見せられんということです」

「ともかく、弟子入りの件をご快諾《かいだく》いただき、安堵いたしました。それでは改めて本人から申しこませますので、よろしくお願いのほどを」

「となると」

「……？」

「早朝稽古がなくなったということは、打ち掛けでなく、たっぷりと碁を楽しめる」

「ああ、そのことでござったか。……さよう。そうなりますな。酒も存分に飲めるということです」

正願寺を辞した源太夫は、中老芦原讃岐の屋敷に向かった。七ツ（午後四時）の鐘が鳴ってからしばらく間があったので、讃岐は下城しているはずである。

圭二郎が大村の分家を構えることを許されながら出家したことについて、讃岐から藩庁の重職および藩主に、執り成してもらわねばならなかったからだ。

満天に金銀の砂子《すなご》を撒き散らしたような天の川の下、左右を石垣と白壁塀で区切られた寺町の石畳を、かれらは北の外れにある正願寺を目指して黙々と歩を進めた。源太夫、嘉一郎、柏崎数馬と東野才二郎の二人の師範代、そして圭二郎の道場仲間で特に親しかった者たちである。

だれ一人として提灯を提げてはいなかったが、師だけでなく弟子のほとんどが闇に目を凝らす鍛練を続けていたので、星月夜であれば灯りの必要はなかった。ただ一人、嘉一郎だけは心許ないようであったが、自分より若い弟子たちが提灯を持たぬとなれば、意地でも持つわけにいかない。

得度《とくど》式が、日中をさけて早朝の七ツ半（五時）か日没後におこなわれると知った圭二郎は、迷わず朝を選んだ。かれらはその四半刻まえに着くように、正願寺を目指しているのである。

圭二郎が出家すると知った道場仲間はだれもが驚きを隠せなかったが、なかでも衝撃を受けたのが藤村勇太であった。数日は道場に姿を見せず、ようやく現れたときにも放心状態は続いていた。「勇太も坊主になるか?」などと言われても、半泣きの顔を恨めしそうに向けるだけなので、そのうちだれもからかわなくなった。ようやくのことで普通に稽古ができるようになっていたが、その勇太も得度式には参列する。

本堂内に源太夫たちが座を占めると、ほどなく丁字湯《ちょうじ》で身を清めた新発意《しんぼち》の圭二郎が入堂した。身にまとうのは白衣だけで、髷《まげ》もそのままである。続いて師僧の恵海が四人の僧を伴って登場した。

だれもが初の体験であり、物珍しさもあって黙然《もくねん》と見守るだけである。厳かな雰囲気の中で式が始められた。まず導師である恵海和尚が、釈迦《しやか》や諸仏に圭二郎が仏門に入ることを報告して加護を願い、願文の一種である表白《ひようびやく》を唱えた。剃《てい》髪《はつ》は一度にすべてを剃り落とすのではなく、最後の一結びを残す。恵海より衣を授かったのちに、それを着用して三拝し、残しておいた最後の髪を剃り落とした。

仏門に入った証に、戒律を守るしるしとして与えられる名が戒名である。恵山《えざん》が圭二郎の戒名、つまり僧名であった。さらに坐具や袈裟《けさ》、鉢を授かり、釈迦より伝えられた戒法《かいほう》を受け、圭二郎が復唱した。

三帰依《さんきえ》は仏宝僧《ぶつぽうそう》の三宝、つまり釈迦と、釈迦の説いた真理と教え、そして仏の教えを学び伝える人々の集まりを指す僧伽《そうぎや》に、言葉で心を表白することである。「仏に帰依し奉る、法に帰依し奉る、僧に帰依し奉る」と唱え、これを再度、そして三度、圭二郎は繰り返した。

戒は在家の信者が守るべきとされるのが五戒で、不殺生戒《ふせつしようかい》、不偸盗戒《ふちゆうとう》、不邪婬《ふじやいん》戒、不妄語戒《ふもうご》、不飲酒戒《ふおんじゆ》の五つがあった。五戒を師が唱え、圭二郎が復唱し、それが繰り返された。

その後も、懺悔《さんげ》をはじめとして儀式は続くのだが、源太夫ら参会者は圭二郎が戒法を受けたところで辞すことにした。

道場仲間から祝いや励ましの言葉を受ける圭二郎、いや恵山は、丸めた頭が青々としていた。完全に俗世から離れた僧形《そうぎょう》である。それでもやはり頭一つ分だけおおきいその姿は、群鶏に混じった軍鶏というしか形容のしようがない。

弟子たちは成長して次々と巣立ってゆく。

とても九歳とは思えぬ絵の才能を見せて、源太夫をはじめ周囲《まわり》の大人たちを驚かせた森正造は、江戸の藩邸で書役見習いの仕事をしながら、狩野派の絵師に師事して本格的に絵を学んでいた。

そして、武芸に天稟の資を見せながら、大村圭二郎は仏門に入り恵山となった。このあとも、多くの弟子たちが巣立って行く。ある者は高き天空を目指して飛翔し、まためる者は広々とした青空に自由を求めて天翔《あまが》けることだろう。それを見守ることが師たる者の役目であり、喜びではないだろうか。

そう思うと、源太夫には感慨深いものがあった。

解説――読み継がれるに足る読み心地

（日本大学教授・文芸評論家）小梛治宣《おなぎはるのぶ》

読み心地の良さ――読者、とりわけ時代小説の読者が求めているのは、究極のところ、それなのではあるまいか。一昔前でいえば、『桃太郎侍』の著者山手樹一郎《やまてきいちろう》の作品がその代表であった。山本周五郎《やまもとしゅうごろう》もまたそうであろう。手近なところでは、池波正太郎《いけなみしょうたろう》の『剣客商売』や海坂藩《うなさか》を舞台にした藤沢周平《ふじさわしゅうへい》の一連の作品、あるいは隆慶一郎《りゅうけいいちろう》の『吉原御免状』をはじめとした作品群も「読み心地」の良さでは群を抜いていたと言える。

だが、最近、心地良く、物語の世界へと誘《いざな》ってくれる小説に巡り逢う機会が少なくなった。そう思っているのは私だけではあるまい。実社会のストレスから解放され、純粋に非日常的な世界に浸《ひた》りたい、そして、現実の世界では得られない感動を味わいたい――そういう願望にこそ応えるのが、小説とりわけエンタテインメント小説の最大の使命ではないのか。時代小説は、中里介山《なかざとかいざん》の『大菩薩峠』以降の大衆文学史を繙《ひもと》いても、その使命を牽引《けんいん》してきた旗手であったはずだし、今後もそうであり続けねばならない。と、私は常々考えている。そうした目で、現今の時代小説ブームの中で生み出されくる作品を眺めてみると、「旗手」たるべしという気魂《きこん》と、それに相応《ふさわ》しい風格を備えた作品、つまり、読み継がれるに足るだけの読み心地指数の高い時代小説は、残念ながら……という他はない。だから、どうせ読むならばと、つい昔心地良さを味わわせてくれた作品を、再び手に取る機会も多くなる。だが、やはり「これだ！」と心躍《おど》らせてくれるような新たな時代小説を読みたい。これは、本好きであれば、当然の欲求であろう。

　そうした私の前に、突如《とつじょ》として出現したのが、野口卓《のぐちたく》『軍鶏《しゃも》侍』であった。平成二三年二月、今から一年と少し前のことである。それまでに、小説雑誌等で野口卓という名前を見たことがなく、新人賞の受賞者にも、あるいは最終候補者の中にもその名の記憶がない。それは、私にとっては文字通り「突如として」眼前に姿を見せたとしか言いようのない現象であったのだ。そして、その八ヵ月後にシリーズ第二弾の『獺《だっ》祭《さい》』が刊行された。この二冊目を読んで、私の脳内に野口卓という名が、読み心地の良い小説を書き続けられる待望の「旗手」として刻み込まれることになった。それは、二冊目を読んで、野口卓が、自らの作風を確立せんとする気概に満ちた本物の時代小説家に短期間のうちに成長していることが、明確に感じ取れたからに他ならない。

あえて言えば、シリーズ一冊目の『軍鶏侍』では冒頭の「軍鶏侍」と、次の「沈める鐘」にはまだ物語を作ろうとする意識が前面に出すぎているせいか、主人公の岩倉《いわくら》源太夫《げんだゆう》の言動にもどこかに硬さがあり、伸びやかさが抑えられていた。それが、本書にも登場し、重要な役所を演ずる大村圭二郎《おおむらけいじろう》の少年時代のスタンド・バイ・ミー的な一挿話とも言える「夏の終わり」を経《へ》て、次の「ちと、つらい」、さらに源太夫の秘剣が初めてふるわれる「蹴殺《けころ》し」に及んで、硬さとは別の静かな緊張感が充溢《じゅういつ》してきて作品のもつ貌《かお》つきが、一変する。まさに、心地良い上に読み応えのある小説、いわば凛《りん》とした格を備えた作品たり得たのである。それは、二冊目の『獺祭』にそのまま引き継がれ、冒頭から読み心地抜群の一巻となった。

この時点で、先にも述べたように、時代小説家野口卓の真価が発揮され、オリジナリティある世界が構築されたと、私はみている。なにしろ、主人公はもちろんのこと、軍鶏も含めて、描き出される登場人物（鯉《こい》や獺《かわうそ》も登場するので生物というべきか）のことごとくに生命《いのち》が吹き込まれているのだ。作者が操っているがごとき不自然な言動をとる木偶《でく》は一つも登場してはこない。だから、全編に温かな血が通い、読者は心地良く作品の中に身を置くことができるのであろう。

そしてシリーズ三冊目が本書となる。岩倉源太夫が、三十九歳の若さで早々と隠居し、倅《せがれ》に家督《かとく》をゆずって五年の歳月が経《た》った。その間、様々な予期せぬ出来事が源太夫の身を襲った。のんびりと軍鶏を飼いながら、剣でも教えて暮らすはずであった。ところが、ひょんなことからお家騒動に巻き込まれてしまった。お家騒動が終着した後、念願の道場を開くことができたが、これを契機に源太夫の人生が大きく転換することになった。若い妻を迎え、四十二歳にして男児が誕生したのである。軍鶏と下男の権助《ごんすけ》と暮らす生活が、一挙に潤《うるお》いに満ちたものに一変したのだ。

こうした源太夫が体感する実生活の変化が、作品そのものの色合いを徐々に重層的なものにしていく。孤高の剣客から、教師へ、そして夫であり父である家庭人へと、源太夫が変貌《へんぼう》を遂《と》げていくのと並行して、弟子たちも自立した剣士として成長していく。いわば、師と弟子とが互いに成長していく二重構造の成長譚《たん》としての味わいが巻を追うごとに深まっていくのである。また、軍鶏に関しては、主《あるじ》である源太夫と下男の権助との逆転した師弟関係が見られるという、もう一つの面白みもある。

その意味でも、権助の存在は大きい。本書の一編「咬《か》ませ」での、源太夫の次の一言が、この主従の絆《きずな》を如実《にょじつ》に物語っていて、心地良い。

〈「たしかに権助の言うとおりかもしれん。わしは軍鶏侍と呼ばれておりながら、軍

鶏の料簡がわかっておらん。権助こそ軍鶏侍だ」〉

いみじくも、源太夫自らが権助を「軍鶏侍」と呼ばずにはいられないように、その過去が秘されたままの謎多き下男権助は、いわば本シリーズの陰の主役と言ってもよいのかもしれない。すでに第一冊目の『軍鶏侍』を読まれた方はご承知のように、「夏の終わり」の大村圭二郎（当時十歳）にとっても権助は、大人へと脱皮させてくれた、まぎれもなき人生の師であった。

その圭二郎も、本書では身体も剣の腕も伸び盛りの青年期を迎え、「若軍鶏」と呼ばれるようになっていた。だが、彼の心には消せない傷があった。亡き父のことだ。公金横領の罪で処罰され、家禄《かろく》は四分の一に減らされていたのだ。

ところが、圭二郎の父の罪が冤罪《えんざい》だったことが判明する。上司が自らの罪を着せた上、斬殺したのだ。それを切腹に擬装されていたのである。その場を目撃していた死期の迫った藩士が、圭二郎の兄を呼んで告白したのであった。「巣立ち」では、真実を知った圭二郎が、父の仇討《かたきうち》に臨《のぞ》むことになる。

とはいえ、それは容易なことではない。仇討の相手は、藩内でも名うての剣の遣い手で、おそらく源太夫を除《のぞ》けば彼に勝てる相手はいないであろうと思われるほどの強敵であった。しかも、相手を討ったとしても、正式な仇討の許可を得ていなければ、単なる私闘とみなされ、処罰されてしまう。源太夫としては、何とかして弟子に本望を遂《と》げさせてやりたい。そこで彼は、秘剣「蹴殺し」を積極的に披露《ひろう》して弟子を教育していくとともに、仇討の許可を得させるべく奔走《ほんそう》することになる。果して、圭二郎はみごと本懐を遂げ、父の汚名を晴らすことができるのか。読者の期待を、良い意味で裏切るような、実に意外な結果が待っているのだが、それは読んでのお楽しみとしておきたい。

ところで、本作の中で源太夫の「秘剣」そのものも大きな変貌をみせていく。秘剣を弟子たちの前でふるっているうちに、それは自ずと「秘する剣」ではなく、別のものへと成長を遂げていくのだ。そこにこそ秘剣の奥儀があるともいえる。源太夫がたどり着いた秘剣蹴殺しをはるかに超えた、究極の剣とは何か？ 本書を象徴する第三話のタイトル「巣立ち」は、弟子の圭二郎が道場から巣立つと同時に、源太夫自身も秘剣蹴殺しから巣立つことを意味しているのではあるまいか。

優れた剣豪小説には哲学がある——ということを、本書から感ずることができたのは、私だけではあるまい。本書から得られる奥深い感銘や、読み心地の清々《すがすが》しさは、そのあたりにも起因しているのであろう。時代小説の新たな旗手の描く世界をじっくりと味わっていただきたい。

一〇〇字書評

切り取り線

飛翔

購買動機（新聞、雑誌名を記入するか、あるいは○をつけてください）

□（　　　　　　　　　　）の広告を見て	
□（　　　　　　　　　　）の書評を見て	
□ 知人のすすめで	□ タイトルに惹かれて
□ カバーが良かったから	□ 内容が面白そうだから
□ 好きな作家だから	□ 好きな分野の本だから

・最近、最も感銘を受けた作品名をお書き下さい

・あなたのお好きな作家名をお書き下さい

・その他、ご要望がありましたらお書き下さい

住所	〒				
氏名		職業		年齢	
Eメール	※ 携帯には配信できません	新刊情報等のメール配信を 希望する・しない			

この本の感想を、編集部までお寄せいただけたらありがたく存じます。今後の企画の参考にさせていただきます。Eメールでも結構です。

いただいた「一〇〇字書評」は、新聞・雑誌等に紹介させていただくことがあります。その場合はお礼として特製図書カードを差し上げます。

前ページの原稿用紙に書評をお書きの上、切り取り、左記までお送り下さい。宛先の住所は不要です。

なお、ご記入いただいたお名前、ご住所等は、書評紹介の事前了解、謝礼のお届けのためだけに利用し、そのほかの目的のために利用することはありません。

〒一〇一 - 八七〇一
祥伝社文庫編集長 坂口芳和
電話 〇三（三二六五）二〇八〇

祥伝社ホームページの「ブックレビュー」からも、書き込めます。

http://www.shodensha.co.jp/bookreview/

祥伝社文庫

飛翔《ひしよう》 軍鶏《しやも》侍《ざむらい》

平成24年6月20日　初版第1刷発行

著　者　野口《のぐち》 卓《たく》

発行者　竹内和芳

発行所　祥伝社《しようでんしや》

東京都千代田区神田神保町3-3
〒101-8701
電話　03（3265）2081（販売部）
電話　03（3265）2080（編集部）
電話　03（3265）3622（業務部）
http://www.shodensha.co.jp/

印刷所　萩原印刷
製本所　ナショナル製本
カバーフォーマットデザイン　中原達治

 ISBN978-4-396-33769-8 C0193

祥伝社文庫の好評既刊

川田弥一郎
闇医おげん謎解き秘帖
堕胎医が軒を連ねる江戸・薬研堀《やげんぼり》の腕利き闇医おげん。彼女のもとを訪れる娘たちが持ち込む難事件の数々！

川田弥一郎
江戸の検屍官 北町同心謎解き控
鳩尾《みぞおち》に殴打の痕。拳の大きさから下手人と疑われた男は…。〝死体が語る〟謎を解く！

小杉健治
春嵐《しゅんらん》（上） 風烈廻り与力・青柳剣一郎⑱
不可解な無礼討ち事件をきっかけに連鎖する事件。剣一郎は、与力の矜持《きょうじ》と正義を賭け、黒幕の正体を炙《あぶ》り出す！

小杉健治
春嵐（下） 風烈廻り与力・青柳剣一郎⑲
事件は福井藩の陰謀を孕《はら》み、南町奉行所をも揺るがす一大事に！　巨悪に立ち向かう剣一郎の裁きやいかに？

小杉健治
夏炎《かえん》 風烈廻り与力・青柳剣一郎⑳
残暑の中、市中で起こった大火。その影には弱き者たちを陥《おとしい》れんとする悪人の思惑が…。剣一郎、執念の探索行！

小杉健治
秋雷 風烈廻り与力・青柳剣一郎㉑
秋雨の江戸で、屈強な男が針一本で次々と殺される…。見えざる下手人の正体とは？　剣一郎の眼力が冴える！

祥伝社文庫の好評既刊

坂岡 真　のうらく侍

やる気のない与力が〝正義〟に目覚めた！　無気力無能の「のうらく者」が剣客として再び立ち上がる。

坂岡 真　百石手鼻《ひやっこくてばな》　のうらく侍御用箱②

愚直に生きる百石侍。のうらく者・桃之進が魅せられたその男とは⁉　正義の剣で悪を討つ。

坂岡 真　恨み骨髄　のうらく侍御用箱③

幕府の御用金をめぐる壮大な陰謀が判明。人呼んで〝のうらく侍〟桃之進が金の亡者たちに立ち向かう！

坂岡 真　火中の栗　のうらく侍御用箱④

乱れた世にこそ、桃之進！　世情の不安を煽り、暴利を貪り、庶民を苦しめる悪を〝のうらく侍〟が一刀両断！

辻堂 魁　風の市兵衛

さすらいの渡り用人、唐木市兵衛。心中事件に隠されていた奸計とは？　〝風の剣〟を振るう市兵衛に瞠目！

辻堂 魁　雷神　風の市兵衛②

豪商と名門大名の陰謀で、窮地に陥った内藤新宿の老舗。そこに現れたのは〝算盤侍〟の唐木市兵衛だった。